www.ingramcontent.com/pod-product-compliance
Lightning Source LLC
LaVergne TN
LVHW051117051026
849532LV00004BB/1588
9789358728378

ڈبل لائف

اور دیگر افسانے

عزیز احمد

Double Life aur diigar Afsane (Short Stories)
by: Aziz Ahmad
Edition: May '2024
Publisher :
Taemeer Publications LLC (Michigan, USA / Hyderabad, India)

ISBN 978-93-5872-837-8

کتاب : **ڈبل لائف اور دیگر افسانے**

مصنف : **عزیز احمد**

ترتیب و تدوین : سید حیدرآبادی

صنف : فکشن

ناشر : تعمیر پبلی کیشنز (حیدرآباد، انڈیا)

سالِ اشاعت : ۲۰۲۴ء

صفحات : ۱۰۸

سرورق ڈیزائن : تعمیر ویب ڈیزائن

فہرست

تعارف

عزیز احمد اردو فکشن کا ایک معتبر نام ہے۔ ترقی پسند تحریک کے عروج کے زمانے میں انھوں نے اردو میں کئی شاہکار ناول اور افسانے لکھے۔ اردو فکشن کے علاوہ تنقید، ترجمہ نگاری، تاریخ اور اسلامی ادب میں ان کی نگارشات قدر کی نگاہ سے دیکھی جاتی ہیں۔ ایک ایسے دور میں جب کہ اردو فکشن میں منٹو، عصمت، بیدی اور دیگر کا چرچا تھا عزیز احمد نے بھی ناول نگاری کے سلسلے کو جاری رکھا اور اردو ناول کی تاریخ میں وہ ایک ترقی پسند ناول نگار کی حیثیت سے جانے جاتے رہے۔ عزیز احمد کا تعلق حیدرآباد دکن سے تھا۔ لیکن تقسیم کے بعد وہ پاکستان منتقل ہو گئے اور اپنی عمر کے آخری ایام کناڈا میں بسر کئے۔ ۱۱ر نومبر ۱۹۱۳ء کو حیدرآباد دکن میں پیدا ہونے والے عزیز احمد آخر کار ۶۵ برس کی عمر پانے کے بعد ۱۶ر دسمبر ۱۹۷۸ء کو کناڈا میں انتقال کر گئے اور ان کی تدفین کناڈا ہی میں عمل میں آئی۔

یہ کتاب عزیز احمد کے چار یادگار افسانوں پر مشتمل ہے۔

بے کار دن، بے کار راتیں

ایک بیکار تو وہ ہوتے ہیں جن کی آنتیں بیکار ہوتی ہیں اور آنتیں اس لیے بیکار ہوتی ہیں کہ کھانا نہیں ملتا اور کھانا اس لیے نہیں ملتا کہ ان کا تعلق اس طبقے سے ہوتا ہے جس کو کھانے کے لیے محنت کرنا اور کمانا پڑتا ہے اور محنت اس لیے نہیں کرتے کہ یا کاہل ہوتے ہیں اور نہیں کرنا چاہتے، یا کرنا چاہتے ہیں اور کام نہیں ملتا۔ میری بیکاری اس قسم کی نہیں۔ میری آنتیں بیکار نہیں۔ میرا دماغ بیکار ہے، میرا ضمیر بیکار ہے اور وہ اس لیے کہ سات پشتوں سے میرے اجداد نے کبھی کمانے کے لیے محنت نہیں کی۔ انھیں ایک بڑی اچھی ترکیب سوجھی تھی۔ محنت دوسرے کریں اور کھائیں وہ خود۔ میرے اجداد نے قانون بنائے کہ وہ جو ان کے لیے محنت کرتے ہیں خود کھانے سے محروم رہیں، اخلاق ایجاد کیے۔ جنھوں نے ضمیر کو بے ہوش کر دیا اور رفتہ رفتہ میرے آبا و اجداد کے پاس اتنا روپیہ آگیا کہ ان کی سمجھ میں نہیں آیا کہ کیا کریں۔ میرے مکان کا جتنا رقبہ ہے اتنے ہی رقبے میں سو ڈھیڑوں کی جھوپڑیاں ہیں اور جھونپڑیوں کی مجموعی آبادی پانچ سو کے قریب ہے جن میں سے ہر سال کوئی سانپ کاٹنے سے مرتا ہے، بیس پچیس ہیضہ یا طاعون کے نذر ہو جاتے ہیں۔ دس بارہ ٹائیفائڈ سے مرتے ہیں اور دس بارہ ان جڑی بوٹیوں اور طرح طرح کے علاجوں سے جو ٹائیفائڈ سے اچھے ہونے کے لیے کیے جاتے ہیں۔ یہ ڈھیر ابلے ہوئے چاول یا جوار کی روٹی کے ساتھ مرچیں کھاتے ہیں۔ اب جنگ کے زمانے میں تو دن میں دو

مرتبہ لیکن اس سے پہلے دو دن میں ایک مرتبہ ہم لوگ چار پانچ کو دس کا کھانا جنگ سے پہلے کھاتے تھے۔ اب جب سے حضور وائسرائے بہادر نے خود چاول کھانا چھوڑ دیا ہے، ہم نے بھی چاولوں کا استعمال بہت کم کر دیا ہے، صرف دعوتوں اور تقریبوں میں چاول کھاتے ہیں۔ جب دس دس سیر پلاؤ پکتا ہے۔

میرے لیے بیکار کا سوال بڑا اہم ہے۔ میری سمجھ میں نہیں آتا کہ وقت کس طرح کاٹا جائے۔ میرے اجداد کو اتنی زحمت نہ اٹھانا پڑتی تھی۔ وہ صبح کو افیون کھانے کے وقت تک شطرنج کھیلتے رہتے۔ دوپہر کا کھانا کھانے کے چار پانچ بجے تک قیلولہ کرتے، پھر شطرنج اور گنجفہ میں منہمک ہو جاتے۔ ملاقاتی یا اہل غرض آتے تو ان سے چاپلوسی کی باتیں سنتے اور خوش ہوتے جاتے۔ رات کا کھانا کھا کے بچوں کو سوتا اور بیوی کو کوستا چھوڑ کے رنڈیوں کا گانا سننے چلے جاتے۔ دو تین بجے رات کو واپس آتے اور دوسرے دن پھر وہی۔۔۔

میری بیکاری کا مسئلہ بالکل مختلف ہے۔ میں نے تعلیم پائی ہے اس لیے میں صبح سے شام تک شطرنج یا گنجفہ نہیں کھیل سکتا۔ لوگ کیا کہیں گے اور اپنے جد مرحوم کی طرح دن بھر لنگی باندھے خواصوں کے ہجوم میں بیٹھنا میرے بس کی بات نہیں۔ زمانہ بدل گیا ہے۔ کبھی کبھی شادی بیاہ میں، یا کبھی اپنے کسی مقطعے پر رنڈیوں کا گانا سن لوں تو بہت ہے، مگر ایک مرتبہ بھی میں محبوب کی مہندی میں دیکھ لیا جاؤں تو لوگ کیا کہیں گے۔ اب لوگ اسی بات کو معیوب سمجھتے ہیں۔ مجھے پڑھنے کا بالکل شوق نہیں۔ رائڈر ہیگرڈ اور۔۔۔ دیکھیے اس کا نام بھی بھول گیا۔ بہرحال سراغ رسانی کے ناول پڑھ لیتا ہوں۔ مگر جب سے تیرتھ رام فیروز پوری کے ترجموں پر نظر پڑی، میں نے انگریزی میں یہ ناول بھی پڑھنے چھوڑ دیے۔

ایک زمانے میں سوچا کیا کہ سیاسیات میں حصہ لوں۔ لیکن اگر کبھی جیل خانے بھیج

دیے گئے تو یہ لیجیے یک نہ شد دو شد۔ یوں میرے بہت سے دوست اور جان پہچان کے نواب ہیں، حیدرآباد میں بھی اور حیدرآباد کے باہر بھی۔ لیکن یہ اپنی اپنی محبت۔۔۔

بس جناب گزشتہ سال اسی بیکاری سے تنگ آ کے میں راجہ باجپائے کے ساتھ بمبئی پہنچا۔ مجھے راجہ باجپائے کی طبیعت بہت پسند ہے۔ کیا دوست آدمی ہے۔ سیر چشم، مہمان نواز، سچا راجہ۔ بس اس کی ایک عادت مجھے سخت ناپسند ہے، کھنکھارنے اور تھوکنے کی۔ آپ سے اچھی خاصی طرح باتیں کرتا ہوگا۔ ایک دم سے برآمدے جا پہنچے گا اور باہر گملوں میں جہاں کہیں موقع ملے گا گلا صاف کر کے کھنکھار کے تھوک آئے گا۔ دوسری بات یہ ہے کہ جھوٹ بولنے میں راجہ کا جواب کم ہے۔ لیکن راجہ صرف دو ہی موقعوں پر جھوٹ بولتا ہے۔ جب دوکاندار اپنے بلوں کی ادائیگی کا تقاضا کریں، تب راجہ ایسی میٹھی میٹھی باتیں کر کے ٹالتا ہے، ایسے اچھے اچھے وعدے کرتا ہے کہ حیرت معلوم ہوتی ہے۔ ممکن ہے کہ راجہ کے یہاں کھانے پر کسی سچ مچ کے والی ریاست کی دعوت ہو۔ لیکن نوکروں کی کوٹھریوں کے پاس یا صحن میں یا کسی دور دراز برآمدے میں دو چار تقاضا کرنے والے دوکاندار ضرور موجود ہوں گے جن کو راجہ نے "ابھی" چک دینے کا وعدہ کیا ہے اور یہ 'ابھی' آج سے کل میں، دنوں سے مہینوں میں، مہینوں سے برسوں میں بدلتا رہتا ہے اور عجیب بات ہے کہ قرض دینے والوں اور دوکانداروں کی آس نہیں ٹوٹنے پاتی۔ راجہ صاحب کے اور بھی کئی سنہری اصول ہیں۔ مثلاً گریٹ ایسٹرن ہوٹل کا بل تین ہزار ہو تو وہ تو ادا کریں یا نہ کریں مگر ہوٹل کے منیجر اور نوکروں کو سینکڑوں روپے انعام ضرور دیں گے۔

دوسرا موقعہ جب راجہ صاحب جھوٹ بولتے تھے، مبالغے کا ہوتا تھا۔ سابق وائسرائے لارڈ ولنگڈن نے مجھ سے کلکتہ کی کرسمس پارٹی میں کہا، "راجہ صاحب۔۔۔"

اور پھر بڑے آدمیوں سے بے تکلفی کی ایک داستان سنائی جاتی۔ راجہ صاحب یوں تو اعلیٰ سوسائٹی میں مقبول تھے بھی، مگر مبالغہ ان کی گفتگو اور ان کی شخصیت کی جان تھا۔ باقی رہ گیا قرض تو راجہ صاحب کی جاگیر کی آمدنی قریب قریب چار ہزار روپیہ ماہانہ تھی، چاہتے تو اچھی طرح رہ سکتے تھے مگر ان کا ماہانہ خرچ آٹھ ہزار سے زیادہ تھا۔

جنوری کا پہلا ہفتہ تھا اور پونا کے مقابل بمبئی میں گرمی پلیٹ فارم پر اترتے ہی معلوم ہوئی۔ کچھ اچھی صورتیں تھیں اور جب ہم راجہ صاحب کے آبائی مکان پہنچے جو ہارکنس روڈ پر تھا تو ملابار ہل سے سمندر ابلتا ہوا، نیلا اور بڑا خوبصورت معلوم ہوا۔ چار منزل کی ایک ہری عمارت سمندر کے کنارے گھوم سی گئی۔

بھولا بھائی ڈیسائی کے یہاں پارٹی میں سندھ کے ایک مسلمان لیڈر نے اپنے ساتھی سے کہا، "کل ہی رات کو جناح صاحب سے ملاقات ہوئی تھی۔ میں نے کہا، مسلم لیگ کے پیچھے ابھی تک نظر ہے اور خیال کی طاقت نہیں ہے۔ جناح صاحب نے کہا قرآن پاک میں سب کچھ ہے۔ میں نے کہا تو پھر اسی سے نظریے خیال اور طاقت کو اخذ کیجیے۔ قرآن ہی کی بنیاد پر جدید سیاسی نظامات سے منطبق کر کے کوئی ایسا اساس بنایے۔ جناح صاحب نے کہا، اقبال نے اس کی کوشش کی ہے۔ میں نے کہا اقبال کے تصورات کے پیچھے بھی معاشی نظام کی طاقت نہیں۔"

اتنے میں مسز سروجنی نائیڈو آئیں اور سب اٹھ کھڑے ہوئے اور سندھ کے لیڈر صاحب ان سے گاندھی جی کی صحت کے متعلق گفتگو کرنے لگے۔

خان بہادر نواب علی امداد خاں ریاست برہان پور میں پرائم منسٹر رہ چکے تھے اور ابھی دو مہینے ہوئے تھے کہ انہیں بھی اپنا اصطبل جمانے کا خبط سمایا تھا۔ جنگ کے زمانے میں ٹھیکہ داروں نے امیر ہوتے ہوتے انھیں بھی بہت امیر کر دیا تھا اور ایسے ہی کسی

الزام کی بنا پر پولٹیکل ایجنٹ نے انھیں نکلوایا تھا۔ وہ اس وقت میرے میزبان راجہ باجپائے کے پاس گھوڑوں کی خرید کے متعلق گفتگو کرنے آئے تھے۔ راجہ صاحب ابھی غسل خانے میں نہا رہے تھے، کھنکھنار رہے تھے، تھوک رہے تھے۔ علی امداد خاں کے جانے سے کچھ ہی دیر پہلے مہتاب جنگ آئے، سراپا تبسم، سراپا سوسائٹی کے محبوب، ریاستوں کے شیر، علی امداد خاں سے بڑے تپاک سے ملے، مگر ان کے جاتے ہی ان پر تبصرہ شروع کیا۔ "اگر علی امداد خاں اچھی طرح چلتے تو کسی بڑی ریاست کے وزیر اعظم ہو جاتے۔ مگر دیکھیے۔"

اور پھر راجہ صاحب سے مخاطب ہو کے مہتاب جنگ نے کہا، "ریاستوں سے تو بھئی میرا دل بھر گیا ہے۔ اب کشمیر، حیدر آباد، بھوپال کہیں جانے کو طبیعت نہیں چاہتی۔ میں بھی جب تک کوچ خزاں میں دیوان رہا۔ میرا اصول رہا کہ مہاراجہ اور مہارانی سے انتہا درجے کی ذاتی وفاداری۔۔۔ راجہ یہ وفاداری ریاست کی خدمت کی جان ہے، مگر پھر حالات بدل گئے۔ موجودہ حضور سکریٹری کا بدلا جانا ضروری ہے۔ میرے خیال میں تو حضور سکریٹری کی خدمت ہی تمام رجواڑوں میں سرے سے ختم کر دی جانی چاہیے۔ اب دیکھیے علی امداد خاں کا کیا ہوا۔ ان سے اور خان بہادر رفیق سے رقابت تھی۔ دونوں کی پارٹیاں ایک دوسرے کے خلاف سازش کرتی رہیں۔ اب علی امداد خاں کو تو آپ جانتے ہی ہیں۔ مرحوم سر علی امام کھلم کھلا کہا کرتے تھے کہ یہ نوجوان بڑا ہونہار ہے، مگر قابل اعتماد نہیں۔ خان بہادر رفیق ادھر حضور سکریٹری کی خوشامد کر رہے تھے اور ان سے اندر ہی اندر یہ طے کر رہے تھے کہ خود پرائم منسٹر ہو گئے تو حضور سکریٹری کو ہم منسٹر بنا دیں گے۔ اب رہ گیا پولیٹیکل ایجنٹ شروع شروع تو وہ علی امداد ہی کا طرفدار تھا، مگر پھر حالات بدل گئے۔"

اتنے میں لنچ کا وقت آ ہی گیا اور نواب مہتاب جنگ نے گملٹ کا گلاس ٹرے پر رکھ دیا۔

شام کو میجر نذیر کے ساتھ سی سی آئی گیا، جہاں ایک بڑا سا گول میدان دیکھا، کچھ لوگ دیکھے جو تاش کھیل رہے تھے۔۔۔ میرے آباواجداد کی طرح۔۔۔ ایک نہانے کا حوض دیکھا جس کی تہہ میں پچی کاری کا کام دیکھا اور صرف ایک خوبصورت عورت دیکھی۔ میرین ڈرائیور پر ٹہلتے ٹہلتے اور کئی کئی منزلوں کے گھروندے فلاں نواس اور فلاں نواس دیکھتے دیکھتے میجر نذیر کو ریویرا کی یاد آئی۔ امجد نے آلڈس ہکسلے اور بیورلی نکلس کا ذکر کیا جن کے نام میں نے سنے ہیں مگر ان کی کوئی کتاب کبھی نہیں پڑھی۔

دوسرے دن اولگا کو ٹیلیفون کیا۔ اولگا کی ایک اور دوست تھی، سیلون کی رہنے والی، سیاہ فام حسن کا نمونہ، کالی گھٹا مگر خوبصورت اور اس سے نذیر کی دوستی تھی، نذیر برابر اپنے کپڑوں کی طرف متوجہ تھا اور نذیر کی خاطر مجھے اولگا سے اس لنکا کی بیٹی کا پتہ پوچھنا پڑا۔ وہ کسی اور لڑکی کا ذکر سن کر چونکی تو میں نے وجہ بتائی، "میرے ایک دوست ہیں میجر نذیر، وہ اس لڑکی کو جانتے ہیں۔" اس پر اولگا نے چھوٹتے ہی کہا، "تو ایسا کیوں نہ کرو۔ شام کو چھ بجے آجاؤ اور اپنے ساتھ اپنے دوست کو بھی لیتے آؤ، ڈرنکس کے لیے میں کرشنا کو بھی بلوالوں گی۔"

جب میں نے ٹیلیفون کا ریسیور رکھا تو نذیر نے پتلون کی کریز ٹھیک کرتے ہوئے کہا، "کرشنا۔۔۔ ہاں کرشنا ہی اس سنگھالیز لڑکی کا نام تھا۔ دیکھو مجھے یاد ہی نہ آتا تھا۔"

نذیر میرے مقابل بدرجہا خوبصورت ہے، اس لیے جلن کے مارے میں نے راجہ باجپائے کو بھی ساتھ لیا تاکہ اولگا کو نذیر سے بات چیت کرنے کا موقعہ زیادہ نہ ملے اور راجہ باجپائے کو میں نے اولگا کا حال سنایا، اس کا باپ بیجاپور میں سول سرجن تھا اور اڈوانی اس

زمانے میں اس کا اسسٹنٹ تھا، اڈوانی کی صورت دیکھی ہے؟ دانت چوتھائی انچ ہونٹوں سے باہر نکلے ہوئے۔ خیر وہ اولگا پر عاشق ہوا تو ایک بات بھی تھی، مگر اولگا کو اس میں کیا خاص بات نظر آئی ہو گی؟ پھر ہزار میں ایک مرتبہ ایسا ہوتا ہے کہ کسی ہندوستان میں رہے ہوئے انگریز افسر کی لڑکی ہندوستانی سے شادی کرے۔ خیر راجہ تم اس سے مل کر خوش ہو گے۔ کہہ رہی تھی ذرا بیمار ہے۔ اسے پیلوریسی ہو گئی ہے۔ کرنے کو تو اس نے اڈوانی سے شادی کرلی، اب گھٹ رہی ہو گی۔

چھ بجے کے ذرا بعد، عمداً ذرا دیر سے ہم تینوں وارڈن روڈ پہنچے۔ اولگا نے ہمیں اوپر اپنی خواب گاہ میں بلا بھیجا، چوڑے بستر پر ہلکا سا پلش اوڑھے ہوئے، وہ نیم دراز تھی۔ میں بھی نہیں سمجھتا تھا کہ وہ اتنی بیمار ہو گی کہ اتر کے نیچے بھی نہ آسکے گی۔ اس نے معافی چاہی اور کہا ڈاکٹر نے اسے چلنے پھرنے کی اجازت نہیں دی۔

وہ دو سال پہلے کے مقابل اب دبلی معلوم ہو رہی تھی، مریضہ مگر بڑی ہی دلکش اس کے اوسط ہموار دانت، اس کے مڑے ہوئے ترشے ہوئے ہونٹ، اس کے خدوخال کی دلکشی۔ واپسی پر نذیر اور باجپائے دونوں نے اس کے حسن کا اعتراف کیا۔

نذیر کی سنگھالی، کالی چنگاری کرشنا بید کی آرام کرسی پر نیم دراز آنکھیں آدھی کھلی آدھی بند۔ نذیر کی طرف دیکھ دیکھ کر مسکرا رہی تھی۔ مجھ سے وہ بالکل غافل ہے۔ راجہ صاحب وہسکی اور سوڈا کے سوا اور ہر چیز سے قطعی بے پرواہیں۔ میں کوشش کر رہا ہوں کہ اولگا اور کسی طرف متوجہ نہ ہونے پائے اور اس سلسلے میں ایک مصنوعی احساس برتری، یعنی اصلی احساس کمتری کا شکار ہوں۔

اتنے میں اولگا کا شوہر آتا ہے، کم رو، کم نظر، کم سواد۔ حسن اور بدشکلی کے قبضے میں اور یہاں معاشی توجیہہ نہیں کی جاسکتی۔ یہ تو نفسیات کی غلطی ہے اور دفعتاً میں نے محسوس

کیا کہ اولگا بھگت رہی ہے، اپنے ماحول کو بھگت رہی ہے۔ یہ زندگی جس کا اس نے غلطی سے انتخاب کیا اور اس کا غلط انتخاب جس نے اسے فریش کر دیا۔ یہ دونوں اس کا خون چوس رہے ہیں۔ ڈاکٹر اڈوانی نے آ کے تعارف کے بغیر اپنے مہمانوں کا خیر مقدم کیا اور پھر اولگا نے میرا تعارف کرایا اور میں نے نذیر اور باجپائی کا۔ ڈاکٹر اڈوانی اپنی بیوی کے قریب لیٹ گیا۔ مہمانوں سے اخلاق کی کچھ باتیں کیں۔ اٹھا اور بہانہ کیا کہ کسی مریض کو دیکھنے جانا ہے، وارڈ روپ سے کپڑے نکالے اور نیچے کے کمرے میں جاکے غالباً روز کی عادت کے مطابق سنگترے کی پھانکوں کا آملٹ چائے کے ساتھ کھانے لگا۔

ہم لوگ بھی تھوڑی دیر کے بعد اٹھے، مگر پھر بھی جانے کو جی نہیں چاہتا، کھڑے کھڑے باتیں کرتے رہے۔ کرسمس کا درخت معنوی طور پر مرجھایا ہوا معلوم ہوتا تھا، کمرے پر ایک طرح کی مونث تنہائی طاری تھی۔ صرف کرشنا کی آنکھوں کی سفیدی، اس کی جلد کی سیاہی کے بحر ذخار میں چھوٹے چھوٹے جزیروں کی طرح چمک رہی تھی اور آہستہ آہستہ ہمارے دلوں نے ارادہ کر ہی لیا اور دروازے کے طرف ہمارے قدم واپس ہوئے۔ تنہا خاتون، تنہا کمرے میں تنہا رہ گئی۔ کرشنا کی آنکھوں کی چمک کے باوجود۔

پھر ہم تاج گئے۔ جہاں ہندوستانی وہسکی کے ساتھ بھنی ہوئی مونگ پھلیاں ملتی ہیں اور نیچی کھڑکیاں سمندر کی طرف کھلتی ہیں۔ جہاں ہز مجسٹی کے بحری بیڑے کے کچھ جہاز ابھی تک ہندوستان کے ساحل کی پاسبانی کر رہے ہیں، دروازے کے قریب وسط یورپ کی ایک یہودن ایک گورے چٹے ہندوستانی سے باتیں کر رہی ہے۔ ایک موٹا تازہ، گو آکا رہنے والا موسیقی کا بادشاہ پیانو بجا رہا ہے، طوفانی انداز میں اور حاضرین اگرچہ کہ زیادہ تر انگریز ہیں، تالیاں بجا رہے ہیں۔ ہز مجسٹی کی بحری فوج کے افسر بہر حال بہ آواز بلند گا گا کے اپنی خوشنودی کا اظہار کر رہے ہیں۔ ہندوستانی وہسکی میرے سر پر چڑھتی چلی جا رہی

ہے، لیکن ابھی پیانو خلا میں تیرنے نہیں پاتا کہ راجہ باجپائے کھنکھارتے ہیں اور تھوکنے کے لیے ہار بر بار کے باہر پھولوں کا اسٹال کتابوں کے اسٹال کے اس پار سیڑھیوں کی طرف چلے جاتے ہیں اور بحری افسروں کی گیت کے شور سے الگ اور واضح نذیر کی آواز آتی ہے اب چلنا چاہیے۔

کئی دن بعد کا ذکر ہے، شام کو وہ آئی جس کا نام میں نہیں بتا سکتا۔ سرسری سی ملاقات کے لیے۔ بلند بالا، خوبصورت اور اس کے ہلکے سانولے چہرے پر نمک ہی نمک ہے۔ چہرے پر نمک ہے اور معلوم ہوتا تھا کوئی چیز شکن در شکن ٹوٹ رہی ہے۔ اس کے باوجود اس کے سرخ لبوں، اس کی رَس بھری کالی کالی آنکھوں اور اس کے چہرے کے اس شکن در شکن "نمک" میں کوئی بے آہنگی، بیگانگی نہ تھی۔ وہ یقیناً خوبصورت تھی۔

اسے پرنام کر کے میں ہٹ گیا اور وہ راجہ باجپائے سے باتیں کرتی رہی۔

پھر شام اور گہری ہوگئی تو میری طبیعت بیٹھے بیٹھے اور زیادہ گھبرانے لگی۔ مجھے نواب مہتاب جنگ کی علالت کی اطلاع ملی تھی، خیال کیا کہ انھیں دیکھ آؤں۔ شام گہری ہو رہی تھی اور آفتاب کے نیزے ٹوٹتے جا رہے تھے۔ مہتاب جنگ سیٹھ ہارون یعقوب کے یہاں مہمان تھا، جو آج کل اپنے جوہو والے مکان میں نہیں بلکہ کو نیز روڈ والے فلیٹ میں مقیم تھے، جس کے سامنے سے تھوڑی تھوڑی دیر کے بعد بی بی اینڈ سی آئی کی گاڑیاں کھڑر کھڑر کرتی گزر جاتیں اور سڑک پر ہر لمحہ بیسیوں موٹروں کے ہارن برقی مکھیوں کی طرح بھنبھناتے۔

مہتاب جنگ بستر پر رضائی اوڑھے پڑے تھے۔ رضائی سر سے لپٹی ہوئی تھی اور ان کا چہرہ رضائی سے باہر نکلا ہوا بڑا اچھا، بھولا بھالا معلوم ہو رہا تھا۔ ابھی ابھی انہوں نے ڈپتھیریا کا انجکشن لیا تھا۔ کہنے لگے سیٹھ ہارون یعقوب کا بیان ہے کہ "اگر بمبئی میں حلق

میں ذرا تکلیف ہو یا حلق میں سمیت پیدا ہو جائے تو ڈپتھیریا کا بڑا اندیشہ رہتا ہے۔"

میں نے پوچھا کہ سیٹھ صاحب کہاں ہیں۔ تو معلوم ہوا کہ مالا بار ہل کی طرف گئے ہیں۔ میں سمجھ گیا امجد کے پاس گئے ہوں گے۔ امجد کے ساتھ مل کے وہ گوداوری کے علاقے میں آہنی سامان بنانے کا ایک کارخانہ کھولنے کی تجویزوں میں غرق تھے۔

نواب مہتاب جنگ کہنے لگے، "میری عمر ایسی زیادہ نہیں۔" (ان کی عمر صرف باون سال کی ہے) "میں نہ بیکار بیٹھ سکتا ہوں اور نہ اب کسی ریاست میں کام کرنے کی ہمت ہے۔ میرا ابھی ارادہ ہے کہ کوئی کاروبار شروع کروں۔ مگر کون سا کاروبار شروع کروں۔ یہ سمجھ میں نہیں آتا۔ یار اس درباری داری نے کہیں کا نہ رکھا۔"

سیٹھ ہارون یعقوب کا یہ فلیٹ بڑا آراستہ پیراستہ تھا۔ تمام فرنیچر آرمی اینڈ نیوی کا بنوایا ہوا۔ سلیقہ ذرا کم ہی کم تھا، مگر شان امارت میں کوئی کمی نہ تھی۔ سیٹھ ہارون یعقوب کا تمدن بھی کچھ اسی قسم کا تھا، مثلاً یہ کہ اردو ان کی مادری زبان تھی، لیکن اردو میں ان کا ہر جملہ "اَجون" سے شروع ہوتا اور "آئے لاہے، جائے لاہے، کھائے لاہے" پر ختم ہوتا۔

سیٹھ صاحب کے فلیٹ سے نیچے جو سیڑھیاں اترتی تھیں، وہ اس مکان کو دیکھتے ہوئے بڑی گندی سی تھیں۔ یہ یقین کرنا بڑا مشکل معلوم ہوتا تھا جو بلڈنگ باہر سے اتنی شاندار ہے اس کی سیڑھیاں اندر سے اتنی گندی ہوں گی۔ یا جس مکان کی سیڑھیاں اتنی گندی ہیں اس میں سیٹھ صاحب کا فلیٹ اندر سے اتنے شاندار سامان سے آراستہ کھلے گا۔

ان گندی سیڑھیوں پر ایک کلرک، بالکل کھدر پوش، ایک اور کلرک کی اجلی اجلی سی کھدر پوش بیوی سے باتیں کر رہا تھا، ذرا لگاوٹ کی۔

پونے آٹھ کے قریب سی سی آئی پہنچا۔ خواجہ انور جو، کشمیر کے قالینوں کے بادشاہ خورشید مقدس جی سے باتیں کر رہے تھے۔ جس میز پر وہ بیٹھے ہوئے تھے اس کے قریب

سے ایک اور جوڑا گزرااور انور جو نے مجھ سے ان کا تعارف کرایا۔ رحیم بھائی یہ پہلوان قسم کے بوہرے تھے، مسز زرنگار رحیم بھائی یہ ان کی ذرا بھونڈی سی شکل کی بی بی جی تھیں اور پھر وہ دونوں آگے بڑھ گئے۔ آج شام کو سی سی آئی میں کتنی بہت سی عورتیں تھیں، زیادہ تر دبلی، زیادہ تر پیلی پیلی، زیادہ تر بدشکل۔ چھ قابل برداشت لڑکیاں سرخ سرخ ہونٹوں میں سفید سفید دانت چمکاتی ایک ہی میز کے اطراف بیٹھی تھیں۔ ایک میز اور چھ لڑکیاں۔ حسن اور اس قدر افراط سے اس شام کو ضائع ہو رہا تھا۔

طے یہ ہوا کہ ہم یعنی میں، انور جو اور خورشید مقدس جی تاج محل میں کھانا کھائیں۔ خورشید مقدس جی کے پاس کیا اچھی کیڈلک ہے اور ان کی کیڈلک میں سوار ہوتے ہوئے میں نے محسوس کیا کہ یا تو میں احساس کمتری کا شکار ہوں، یا خورشید مقدس جی کو کچھ تو احساس برتری ہے اور وہ ہم لوگوں کو جو ان کے اتنے نودولیتے اور ان کے برابر امیر نہیں، حشرات الارض سے کچھ ہی برتر سمجھتے ہیں۔ تاج محل میں کچھ دیر اوپر برآمدے میں بیٹھ کے دیسی وہسکی پیتے رہے اور سمندر کی ہوا کھاتے رہے۔ تھوڑی دیر کے بعد سرپرستی کے انداز میں خورشید مقدس جی انور جو سے پوچھتے، "پھر کیا ہوا انور اعظم۔" "پھر کیا ہوا انور دی گریٹ۔" خورشید مقدس جی دراصل انور جو کے والد کے دوست تھے۔ وہ ان کی سرپرستی مسکرا کے اور بڑی معصومیت سے شانے ہلا کے سہہ لیتا۔

کھانا ایسا برا نہیں تھا۔ تاج محل ہوٹل ناحق کھانے کے معاملے میں اس قدر بدنام ہے۔ خورشید مقدس جی نے کانٹا سنبھال کے پلیٹ پر رکھا اور عینک سیدھی کی۔ میں نے ان کی عینک کی سیدھ میں تفتیش کی، تو ان کی طرح میری بھی نظر اسی پر رکی۔ وہی سانولی سلونی خاتون جو آج سہ پہر کو راجہ باجپائے سے ملنے آئی تھی۔ دراز قد، اس کے چہرے کا شکن در شکن نمک، اب مسطح ہو چکا تھا، جیسے سمندر سے موجیں مفقود ہو جائیں۔ اس کے

ساتھ کوئی اور تھا، ایک امریکن افسر۔ یقیناً اس میں بڑی دلکشی تھی، گجراتی عورتیں عموماً دلکش ہوتی ہیں۔ مگر ان میں یہ سب کی ملکہ معلوم ہوتی تھی۔ مجھے اپنی جانب دیکھ کر وہ ایک ہلکی سی مسکراہٹ مسکرائی اور خورشید مقدس جی کی عینکوں کی طاقتور دوربین خورد بین بن کر میرا جائزہ لینے لگی، "آپ اسے جانتے ہیں؟"

"ہاں بہت معمولی طور پر۔ ایک آدھ مرتبہ ملاقات ہوئی تھی۔"

"کون ہے؟" خورشید مقدس جی نے بیتابی سے پوچھا۔

خورشید مقدس جی جواب کا انتظار کرتے رہے۔۔۔ مجھے اب اپنے احساس کمتری، ان کے احساس برتری کا بدلہ لینا تھا۔ میں انور جُو سے کشمیر کے حالات پر پوچھنے لگا۔

کھانے کے بعد خورشید مقدس جی نے کہا کہ معشوقہ کا ہمیشہ اعلیٰ "طبقے" سے تعلق ہونا چاہیے جب تک اچھے طبقے کی لڑکی نہ ہو، عشق بازی میں کوئی لطف نہیں اور اچھے طبقے کی لڑکیاں وہی ہیں جو کلبوں، خصوصاً ولنگڈن کلب میں خورشید مقدس جی کو ملتی ہیں۔

آہستہ آہستہ لی کر کو چکھتے ہوئے خورشید مقدس جی نے کہا، "اس معاملے میں کوئی شہر بمبئی کی برابر نہیں کر سکتا۔" اور پھر گلاس آہستہ سے میز پر رکھ کے انور جو کو مخاطب کر کے اور میری ہستی کو قریب قریب فراموش کر کے انھوں نے کہا، "اب تو جنگ کی وجہ سے عاشقی بھی قریب قریب محال ہو گئی ہے۔ ورنہ میں نے میرین ڈرائیو میں ایک فلیٹ لے رکھا ہے۔ گھر پر لڑکیوں کو بلواؤں تو جوتے پڑیں گے۔ اس کے علاوہ اب میری لڑکی کی عمر اٹھارہ سال کی ہو رہی ہے۔ خیر تو میرین ڈرائیو کا فلیٹ زبردستی لے لیا گیا۔ اب اس میں رائل نیوی کے دو افسر ہیں۔ شہدے، خوب ٹھاٹھ کرتے ہوں گے۔"

اس زمانے میں ۵۵۵ سگریٹ بالکل عنقا تھے۔ خورشید جی نے اپنی جیب سے چاندی کا سگریٹ کیس نکالا جس پر زمانہ ماقبل جنگ کی مملکت آسٹریا کا نقشہ تھا اور اس میں ۵۵۵

بھرے ہوئے تھے۔ بے نیازی سے انہوں نے سگریٹ میری طرف بڑھائے۔ پھر اس کا انتظار کرنے لگے کہ انور جو ان کا سگریٹ جلائے اور پھر ایک کش لے کر انھوں نے کہا، "بمبئی کی بات ہندوستان کے کسی شہر میں نہیں آتی۔"

میں نے محض مخالفت کرنے کے لیے کہا، "سیٹھ صاحب ہم تو لاہور کے قائل ہیں۔ دیکھیے نا گزشتہ جنگ کے بعد یورپ میں ایک نئی طرح کی لڑکی وجود میں آئی، جو بڑے ہلکے پھلکے کپڑے پہنتی تھی اور مردوں کے دوش بدوش ہر کام میں حصہ لیتی تھی۔ اب تو وہ اور بھی زیادہ سادہ اور مرد کی ہمجولی سی ہو گئی ہے۔ سلیک پہنتی ہے، کوٹ پہنتی ہے۔۔۔ کبھی کبھی ٹائی بھی لگاتی ہے۔ سائیکلوں پر چڑھی چڑھی پھرتی ہے۔ ستر میل فی گھنٹہ کی رفتار سے موٹر چلاتی ہے۔ اسی نئی طرح کی لڑکی کو فلیپر کہتے ہیں۔ ہندوستان کے کسی اور شہر میں اب تک فلیپر نے نشوونما نہیں پائی۔ مگر لاہور کی لڑکی فلیپر بن چکی ہے۔ فراک نما قمیص اور سفید شلوار پہنے، دوپٹے کو آرائش کے لیے گلے میں ڈالے وہ مال پر، انار کلی میں، لارنس گارڈن میں کھٹ کھٹ کرتی پھرتی ہے۔ اس میں کوئی جھوٹی زنانہ نزاکت نہیں۔ وہ ٹینس کھیلتی ہے، اسکواش کھیلتی ہے۔ سائیکلوں پر ماری ماری پھرتی ہے اور ساتھ ہی ساتھ یہ کہ اسے ذرا آزادی بھی حاصل ہے یہ بات بمبئی میں۔"

"اجی کیا باتیں کرتے ہو۔" عرب ڈاربی کے جیتنے والے بوہرہ تاجر خورشید مقدس جی نے میز پر گھونسہ مار کے بات کاٹتے ہوئے بے صبری سے کہا، "لاہور، لاہور کیا، ہم بھی لاہور دیکھ آئے ہیں۔ لاہور میں کیا ہے۔"

انور جو نے بڑی معصومیت سے شانے ہلائے۔ وہ بھی شاید کسی زمانے میں لاہور کے حسن کا زخم خوردہ رہ چکا تھا اور کہا، "نہیں سیٹھ صاحب اس معاملے میں تو ہم بھی لاہور کے قائل ہیں۔"

سیٹھ صاحب نے بالآخر اس بحث کو رفع دفع کر دینے کے لیے کہا، "خیر ہو گا، اپنا اپنا تجربہ ہے۔ مگر ہم کو تو بمبئی کی لڑکیوں کے برابر کہیں کی لڑکیاں پسند نہیں اور بھئی بمبئی میں میں نے جتنا مزا اڑایا ہے اتنا تم دونوں نے مل کے لاہور میں نہ اڑایا ہو گا اور تو اور میں تو یورپ بھی ہو آیا ہوں۔ آسٹریا میں وی آنا گیا تھا۔ وہاں کی لڑکیاں اہاہاہا۔" وی آنا کے قریب ایک فیکٹری ہے۔ وہاں کی مزدور لڑکیاں سولہ سولہ سترہ سترہ سال کی، سنتروں کی جیسی۔ سب دیکھا ہے لیکن بمبئی کی بات کسی شہر میں نہیں آتی کیونکہ یہاں تو اچھے طبقے کی لڑکیاں نہیں ملتیں اور جب تک لڑکیوں کا "طبقہ" اچھا نہ ہو ب ھلا عاشقی میں کیا لطف۔"

رات زیادہ ہو رہی تھی اور قریب کے میزوں سے یکے بعد دیگرے بہت سے جوڑے اٹھ چکے تھے۔ خورشید مقدس جی نے اٹھتے ہوئے کہا، "ایکٹریسیں مجھے اسی لیے سخت ناپسند نہیں۔ سب روپے کے درپے ہوتی ہیں۔ ان میں وہ 'طبقہ' کی خوبی نہیں ہوتی۔ ضرورت اس کی ہے کہ محبوبہ ہمیشہ اعلیٰ طبقے کی ہو۔ مگر اس کے لیے بہت روپے کی ضرورت ہے۔"

میں صرف جاسوسی ناول پڑھتا ہوں۔ میرے پاس جاسوسی ناولوں کا ذخیرہ ختم ہو گیا ہے۔ اس لیے میں پہلے تو فورٹ کی کتابوں کی دوکانوں کا چکر لگاتا ہوں، پھر اسٹیشن جاتا ہوں جہاں وہیلر کے بک اسٹال پر مزے مزے کے جاسوسی ناول اکثر مل جاتے ہیں۔ اسٹیشن پر دو سانولی سی اینگلو انڈین لڑکیاں میرے قریب سے ہو کر گزرتی ہیں اور میری طرف دیکھتی تک نہیں، کاش ان دونوں میں سے کوئی ایک میری ہو سکتی۔ ایک پستہ قد موٹی سی عورت مرچ کے رنگ کی ساڑی پہنے، ہونٹوں پر گہری سرخی لگائے اپنا بیگ گھماتی ہوئی کسی کا انتظار کر رہی ہے اور بار بار گھڑی دیکھتی ہے۔ میں اس کی طرف گھور کے دیکھتا

ہوں، اس کے دانت نظر آرہے ہیں اور اس کے لبوں پر جو مسکراہٹ ہے وہ شرمیلی سی ہے، سرد ہے اور کسی قسم کا وعدہ نہیں کرتی۔

شام کو میں دادر جانے کے ارادے سے نکلتا ہوں۔ بس کے انتظار میں کھڑا ہوں اوپر جو نظر اٹھا کے دیکھتا ہوں تو جھروکوں اور چبوتروں سے راجہ باجپائے کے تمام نوکر کھڑے ادھر ہی دیکھ رہے ہیں، بوائے، بٹلر، باورچی۔ بس جہاں ٹھہرتی ہے وہاں اسکول جانے والی مرہٹہ لڑکیوں کا ایک بڑا ہجوم ہے، صحت مند، جوان، سانولی جل پریوں کا ایک طوفان سا ہے جو امنڈ رہا ہے۔ اتنی سب یہاں کیسے آگئیں اور بس میں ان کو جگہ کیسے ملے گی۔ اچھا یہ برلا ہاؤس میں گاندھی جی کے درشن کرنے آئی ہوں گی۔ راجہ باجپائے کے نوکر مجھے ان لڑکیوں کی طرف گھورتا دیکھ کر مسکرا رہے ہیں اور میں ان لڑکیوں کی طرف سے منہ موڑ کے کھڑا ہو جاتا ہوں اور سمندر کے جھاگ کے کنارے کنارے امنڈتے ہوئے کوؤں کو دیکھتا ہوں۔

بس آتی ہے اور سرکس کی بازی گروں کی طرح اسکول کی لڑکیوں کا یہ امنڈتا ہوا سیلاب بس کی اوپر کی منزل پر چڑھ جاتا ہے، اوپر کی منزل کھلی ہوئی ہے، چھت غائب ہے اور ہلکی ہلکی خوشگوار دھوپ بڑی اچھی معلوم ہوتی ہے۔ میں بھی انہیں لڑکیوں کے ریلے میں بس کی اوپر کی منزل تک پہنچ جاتا ہوں اور بیٹھنے کے لیے جگہ ڈھونڈ رہا ہوں، ادھر دیکھتا ہوں تو ادھر راجہ باجپئے کے نوکر ابھی تک میری طرف دیکھ کے مسکرا رہے ہیں، دوسری طرف گردن پھیرتا ہوں تو کوئی میرا نام لے کر پکارتا ہے اور اس ہجوم میں کوئی میری آستین پکڑ کے اپنے پاس بٹھا لیتا ہے۔ یہ میجر نذیر ہے۔ اس کی آنکھیں شرارت سے چمک رہی ہیں۔

ایک عورت جوان لڑکیوں کی بڑی استانی ہے، بار بار ان سے مرہٹی میں کچھ نہ کچھ

کہہ رہی ہے، ایک ادھیڑ عمر کا مرد جو بڑی اجلی دھوتی اور سفید کھدر کا کرتا پہنے ہے اس کا بھی ان لڑکیوں اور ان کے مدرسے سے ضرور کچھ نہ کچھ تعلق ہے، بڑی استانی کو رجھانے کی کوشش کر رہا ہے۔

نذیر شرارت سے مسکرانے لگتا ہے اور پوچھتا ہے، "کدھر کا ارادہ ہے؟"

"دادر کا!"

"کیوں؟"

"بس ایسے ہی سنا ہے وہاں کوئی ریستوراں ہے جہاں تمام فلم اسٹار جمع ہوتے ہیں۔ اس ریستوراں کو ڈھونڈھنے جا رہا ہوں۔"

"کیا وقت خراب کر رہے ہو۔ اجی جتنی ایکٹرسوں سے ملنا چاہو۔ راجہ باجپائے سے کہو وہ تمہیں ملا دے گا۔"

"نہیں، اس خیال سے نہیں۔ یوں ہی ذرا ان کی زندگی دیکھنے جا رہا ہوں۔"

نذیر نے کہا، "اچھا زندگی دیکھنے کا شوق کب سے شروع ہوا؟"

"اور تم کہاں جا رہے ہو؟"

"سنیما۔"

"ہرگز نہیں۔"

"اچھا ہار بر بار جا رہا ہوں۔ بس۔"

میں چرنی روڈ پر اتر جاتا ہوں۔ اسٹیشن کا پلیٹ فارم بہت غلیظ ہے اور چھوٹے چھوٹے اسٹیشنوں کے سوا ہندوستان میں اسٹیشنوں کے پلیٹ فارم، کہاں غلیظ نہیں ہوتے۔ ایک عجب طرح کی مرکب بدبو مسافروں کے ہجوم، فرش اور دیوار و در سے آ رہی ہے۔ مکھیوں کے ہجوم ہر چکنائی کے دھبے پر بھنبھنا رہے ہیں اور اتنے میں بی بی اینڈ سی آئی کی

کھڑ کھڑاتی ہوئی لوکل بھی آہی جاتی ہے۔

اس لوکل ٹرین میں سیکنڈ کلاس کا ڈبہ کھچا کھچ بھرا ہے۔ مگر ایک مسلمان تاجر، سیاہ فراک کوٹ پہنے، زری کی دستار سی باندھے، تن وتوش ضرورت سے بہت زیادہ فربہ داڑھی گالوں پر چھدری چھدری مگر ٹھوڑی کے نیچے کافی بڑی، ٹائمز آف انڈیا ہاتھ میں دبوچے، کھڑے ہوئے مسافروں کے زمرے سے نکل کے ایک سیٹ کی طرف بڑھتا ہے اور گھس کے بیٹھ جاتا ہے، جو مسافر اس بنچ پر پہلے سے بیٹھے تھے جن میں ویک آئی کی ایک ادھیڑ افسر بھی تھی، اس کی طرف گھور کے دیکھتے ہیں، مگر سب اس کی اس کامل با اطمینان بدتمیزی سے مرعوب ہیں۔

دادر غلیظ مقام ہے۔ آج اسٹیشن سے ذرا آگے ہی سڑکوں کی روشوں پر میلہ لگا تھا۔ مرہٹیں جن کے رنگ ہلکے زیتونی سے لے کر گہرے سرمئی تک مختلف انواع کے تھے مگر سب کے سب نمکین، دھوتی پہنے ترکاری بیچنے والوں، کنجڑوں اور خوانچہ فروشوں سے سودا چکا رہی تھیں۔ ہر جگہ مرہٹی بولی جاتی تھی اور سیواجی پارک قریب تھا میں میلے کا تماشا دیکھتا ہوا سیواجی پارک کی طرف ہو لیا۔ جہاں وہی سبز رنگ کا ریستوراں ہے۔ راستہ میں کئی لوگوں سے پتہ پوچھا۔ ایک صاحب پتلون پر نیم آستین قمیص پہنے چلے جارہے تھے۔ کہنے لگے "نہ میں کبھی ہندوستانی فلم دیکھتا ہوں نہ ہندوستانی فلمی ستاروں کے نام مجھے معلوم ہیں نہ میں اس سبز ریستوران سے واقف ہوں جہاں یہ سب جمع ہوتے ہیں۔ میں انشورنس ایجنٹ ہوں۔ اگر جیب میں کچھ ٹکے ہوں تو اپنی زندگی کا بیمہ کرا لیجیے۔"

ایک جگہ موڑ پر ایک پان سگریٹ کی دوکان نظر آئی اور پان سگریٹ لینے میں ٹھہر گیا۔ پان والے سے میں نے پوچھا، "بھیا یہاں کوئی ایسا ریستوراں ہے جس کے دروازے اور دیواریں ہری ہیں اور جہاں فلموں میں کام کرنے والے لوگ آتے ہیں۔"

پان بیچنے والے لٹھ مار الہ آبادی بھیا نے کہا، "ہاں جرا اُدھر سامنے کی طرف چلے جاؤ۔ وہ کیا ایرانی ہوٹل ہے۔ بس وہیں یہ سنیما والے جمع ہوتے ہیں۔"

اور فی الحقیقت بالکل قریب وہی ایرانی ریستوران تھا۔ بظاہر اس میں کوئی خاص بات نہیں تھی، بالکل ایسا ہی تھا جیسے بمبئی کے اور ہزاروں ایرانی ریستوراں، دیواروں پر آئینے اور آئینوں کے حاشیوں پر موٹے رنگ کے دھبوں سے نقش و نگار۔ میزوں کے اطراف چھوٹی چھوٹی کرسیاں۔ میزوں کے تختے سنگِ مرمر کے اور ان پر ہزاروں مکھیاں وہی کھانا کھلانے والے چھوکرے، دو ہاتھوں پر تین تین چار چار رکابیاں سنبھالے ہوئے، ان چھوکروں کے ہاتھوں میں میلے کپڑے جن سے وہ ہر نئے گاہک کے آنے پر میز کا سنگِ مرمر صاف کرتے ہیں۔ وہی ٹماٹو کی چٹنی اور سیاہ مرچ اور نمک۔

یہ شام کا وقت تھا اور گاہک قریب قریب مفقود تھے۔ ہوٹل کا منیجر بڑے اطمینان اور غرور سے ہاتھ پر ہاتھ دھرے "سالا چھوکرا لوگ" پر حکمرانی کر رہا تھا۔ اس کا سفید ڈک کا پتلون بالکل شفاف تھا اور سفید قمیص صرف گردن کے قریب پسینے کی وجہ سے ذرا ملگجی ہو گئی تھی۔ منیجر کے قریب کیپ سٹن سگریٹوں کا ڈبہ ہاتھ میں لیے ایک اور نوجوان بیٹھا تھا جس کے آگے بہت سے اخبارات پڑے ہوئے تھے۔ میں سوچنے لگا۔ یہ صاحب فلم اسٹار تو نہیں؟ اخباروں سے یہ صاحب غالباً بہت دیر پہلے فارغ ہو چکے تھے اور اب یکے بعد دیگرے کیپ سٹن کے ڈبے سے سگریٹیں نکالنے اور ان کو دھواں بنا کر اڑانے میں مصروف تھے۔ تھوڑی تھوڑی دیر کے بعد وہ ایک آدھ منٹ کے لیے کوئی اخبار اٹھا لیتے اور اسے پھر اپنی جگہ رکھ دیتے اور کبھی کبھی منیجر صاحب سے ایک آدھ بات کر لیتے۔ مگر وہ اور منیجر صاحب دونوں خوشگوار خاموشی کا لطف اٹھا رہے تھے۔

ایک مکعب گوشے میں، یعنی لکڑی کے کابک میں ایک جوڑے کے ہنسنے اور بات کرنے کی آوازیں آرہی تھیں۔ میں نے کہا یہ ضرور فلم اسٹار ہوں گے اور یہ کیپ سٹن اور اخبار والا تو فلم اسٹار تو کیا، فلموں کے منشی یا مصنف قسم کا کوئی انسان ہوگا اور میں غور سے پھر اس جوڑے کی ہنسی اور باتوں کی آواز سننے لگا جو اس لکڑی کے ڈبے میں چوں چوں کر رہا تھا۔ محض ان دونوں کی صورت دیکھنے کے لیے میں نے چائے کی ایک پیالی اور دو سڑی گلی پیسٹریاں ختم کرنے میں آدھا گھنٹہ لگا دیا۔ منیجر نے میری طرف ایک نظرے خوش گزرے ڈالی اور پھر مجھ نووارد کو بالکل بے ضرر، بے خطر سمجھ کے اپنے ساتھی نوجوان سے باتیں کرنے لگا۔

اور اتنے میں وہ لکڑی کی کابک والا جوڑا باہر نکلا۔ مرد ڈک کے پتلون اور جالی دار رنگین بش شرٹ میں اور عورت چہرے پر، ناخونوں، ہونٹوں پر سرخی جمائے گندمی رنگ مگر جوان اور اچھی خاصی قبول صورت۔ منیجر کی طرف دیکھ کے وہ مسکرائی اور منیجر نے اس کی مسکراہٹ کا اس طرح جواب دیا کہ گویا وہ اس سے بہت زمانے سے، بہت اچھی طرح واقف ہے مگر اس سے زیادہ کچھ نہیں۔

میں سوچنے لگا معلوم نہیں یہ لڑکی فلم اسٹار ہے، فلم اسٹار بننے والی ہے یا اکسٹرا ہے اس کے ساتھ جو سرطان صورت آدمی ہے وہ تو کوئی اعلیٰ فلم اسٹار نہیں معلوم ہوتا۔ ممکن ہے تصویر کش ہو، مصنف ہو۔ بھئی یہ اتنی دور کا سفر بیکار ہی ہوا۔ ایک فلم اسٹار بھی نظر نہ آیا۔

باہر نکل کے میں پھر پان والے بھیا کی دوکان پر پہنچا۔ اس نے ایک پان بنا کے میرے حوالے کیا۔ میں نے کہا، "بھیا وہاں فلم اسٹار تو فلم اسٹار فلم کے چوہے بھی نہیں۔" بھیا کہنے لگا کہ "نہیں۔ موتی لال اور چودھری اکثر وہاں آتے ہیں۔ قریب قریب روز۔"

اور اتنے میں سامنے ہی ایک بڑی سی موٹر ٹھہری، اس میں سے ایک صاحب گلابی رنگ کا زرق برق بش شرٹ پہنے اترے۔ پان والے نے کہا، "دیکھو چودھری یہی ہیں۔"

میں جلدی سے آگے بڑھا اور چودھری صاحب نے سر سے پاؤں تک مجھے ذرا چڑ کے استفہامیہ نظر سے دیکھا مگر جب میں نے اپنا تعارف کرایا اور یہ بتایا کہ میں مالا بار ہل پر راجہ باجپائے کا مہمان ہوں تو بڑی مشکل سے صبر کر کے انہوں نے کہا، "بڑی خوشی ہوئی ارشاد۔" چودھری صاحب کے دانت پان کی شدت سے بہت میلے ہو رہے تھے۔ بہر حال انھوں نے بڑی نوازش کی اور فرمایا، "ہر روز وہ صبح و شام اس ریستوراں کو آتے ہیں" اور مجھے دعوت دی کہ میں یہیں آ کے ان سے ملوں۔ میں نے اپنا ٹیلیفون نمبر بتانا چاہا تو انھوں نے کہا، "اجی نہیں صاحب یہاں کسے اتنی فرصت ہے کہ آپ کو ٹیلیفون کرتا پھرے آنا ہو آجایئے ورنہ خدا حافظ۔"

یہ کہہ کے انھوں نے سر پر ہاتھ رکھا اور ریستوراں کے اندر جا پہنچے، جہاں کا منیجر میری طرف ناپسندیدگی اور غور سے دیکھ رہا تھا۔

بس فلم کے ستاروں کے درشن کی حد تک اس روز مجھے صرف اسی قدر کامیابی ہوئی لیکن اسی طرح میں ان کی زندگی دیکھنا چاہتا تھا۔ بھلا اس میں کیا لطف کہ ایک پارٹی دے کے راجہ باجپائے آسمان سیمیں کے دو درجن ستاروں کو بلا بھیجیں۔ پھر ایک گندی سی بس میں، جس میں گنجائش سے زیادہ بھیڑ میں بوری بندر پہنچا اور وہاں سے میرین ڈرائیو جانے کے لیے وکٹوریا لی شام کے وقت بمبئی کی سڑکوں پر وکٹوریا میں سفر ایک خاص کیفیت رکھتا ہے۔ دو رویہ کئی کئی منزلوں کے درمیان، شام کی مہلک فضا میں اور بہت سے جانداروں، کئی طرح کی مرکب حرکت کے ساتھ ساتھ انسان کو اپنے مقید اور مجبور ہونے کا احساس ہونے لگتا ہے اور یہ اس وقت تک باقی رہتا ہے جب تک چرچ گیٹ کے قریب

سمندر کی پہلی جھلک نظر نہیں آجاتی۔ لیکن سمندر پر نظر پڑتے ہی معلوم ہوتا ہے کہ یہ دو رویہ عمارتیں انسان کو قید نہیں کر سکتیں، نہ بے کیف شام اسے اسیر کر سکتی ہے، اس میں تفریح اور آزادی کی اتنی ہی وسعت ہے، جتنی بے کنار سمندر میں۔

وکٹوریا والے کو پیسے دے کے میں اترا ہی تھا کہ راجہ ہریش چندر نظر آئے۔ یہ راجہ باجپائے کے رشتے کے بھائی ہیں، عمر میں ان کے آدھے ہیں اور ابھی ابھی ان کی شادی ہوئی ہے، ان کی رانی بھی ساتھ تھیں۔

ان کی رانی کا چاکلیٹ کا سا رنگ تھا، سر کے بال چکنے اور بنے ہوئے اور ہونٹ پتلے اور دونوں سروں پر ایک قدرتی طنز کے انداز میں جھکے ہوئے۔ بچاری بہت دبلی پتلی تھیں اور سینہ اس عنفوان شباب کے عالم میں اندر کی طرف دھنسا ہوا۔

"ارے تم۔۔۔؟"

رانی نے اپنے پتلے طنزیہ لبوں سے متبسم ہو کے، ہاتھ جوڑ کے نمستے کہا۔ راجہ ہریش چندر پر تنی ہوئی شیروانی بہت زیب دے رہی تھی اور میرن ڈرائیو کی روش پر سے گزرنے والی گجراتی لڑکیوں کی آنکھیں کبھی کبھی لمحے بھر کے لیے ان کی شیروانی سے اٹک جاتیں، پھر ان کے چہرے کی طرف ایک لحظہ کے لیے اٹھیں، پھر سر سے قدم تک ان کا جائزہ لے کے دوسرے لمحے ان کو بھول کے اپنا راستہ لیتیں۔

پریشین ڈائری میں ٹھنڈی کافی پی کے ادھر ادھر کی مہمل چیزوں کے متعلق باتیں کرتے رہے۔ رانی صاحبہ بھی کبھی کچھ کہتیں، ہنستی، پھر سمندر کی طرف دیکھ کے سوچ میں کھو جاتیں اور ان کے ماتھے کی بندی مدھم پڑ جاتی۔

ریس کورس پر حسن ہی حسن ہوا میں اڑتے ہوئے ساڑھی کے پلوؤں میں حسن، سر سے ڈھلکتے ہوئے آنچلوں میں حسن، سڈول جسموں کے اطراف لپٹی ہوئی ساڑیوں کی

شکنوں میں حسن۔ رنگوں میں حسن، چہروں میں حسن، کٹی ہوئی لہراتی ہوئی زلفوں میں حسن، نیلی شربتی کالی آنکھوں میں حسن، چمکتے ہموار دانتوں میں حسن، ہاتھوں کے ہلانے، زبان کے ہلانے میں ہونٹوں کی جنبش، قدموں کی رفتار میں حسن۔ میں گھوڑدوڑ کیا خاک دیکھوں۔

راجہ صاحب ہزاروں کی شرطیں کھیل رہے ہیں۔ کبھی کبھی میرے جیب سے بٹوہ نکال کے اس میں سے روپے نکال کے لے جاتے ہیں اور پھر کچھ زیادہ روپیہ لا کے مجھے دے دیتے ہیں۔ بھئی میزبان ہو تو راجہ باجپائے کا سا ہو۔ ہر چیز کی، ہر بات کی فکر۔ راجہ باجپائے گھوڑدوڑ میں مجھے ڈھونڈھ نکالیں گے۔ مگر میں ان کو نہیں ڈھونڈھ سکتا۔ فیشن ایبل انسانوں کے اس ہجوم میں وہ پارہ ہیں، سیماب ہیں۔ ابھی یہاں، ابھی وہاں ان کا ڈھونڈھنانا ممکن ہے۔ نذیر کہہ رہا ہے۔ وہ کیا راجہ صاحب کھڑے اس سنیما ایکٹرس سے باتیں کر رہے ہیں اور ایکٹرس سر سے بار بار ساڑی کا آنچل گرا کے ہنس ہنس کے بجلیاں گرا رہی ہے۔ جوان ہے، شاداب ہے، اس کا جسم ذرا بھاری ہے اور جب ہنستی ہے تو اس کی بوٹی بوٹی پڑی تھرکتی ہے اور ایک لکھنوی جوان بڑے ہی بڑھیا سوٹ میں کچھ دور کھڑا اپنے ساتھی سے کہہ رہا ہے، "دیکھ رہے ہو، مار ڈالا ظالم نے، ہائے ماتھے پہ بندی، بوٹا سا قد۔"

ایرانی لڑکیوں کی فصل کی فصل کھڑی ادھر دیکھ رہی ہے، جہاں گھوڑے پھرائے جا رہے ہیں اور ابھی ابھی مہاراجہ بردوان ڈیڑھ میل والی دوڑ جیت چکے ہیں۔ ان ایرانی لڑکیوں کے ساتھ سب سے زیادہ سیاہ پوش ایک معمر خاتون ہے۔ اس کی بے عیب فارسی میری سمجھ میں نہیں آتی۔ مگر اس کی انگریزی بھی بے عیب ہے۔ اس سے گفتگو کا سلسلہ شروع ہوتا ہے۔ پہلے تو یہ کہ کس گھوڑے پر شرط لگائی جائے یہ مجھے کیا معلوم البتہ راجہ

باجپائے نے میری کتاب پر کچھ نشانات بنا دیے۔ معمر ایرانی خاتون ان نشانات کو نقل کر لیتی ہے اور پھر اپنی ساتھ والی ایک لڑکی سے کچھ کہتی ہے۔ یہ لڑکی بھی سیاہ پوش ہے، مگر اس کی سیاہ آنکھوں کی چمک غمی کی نہیں اس میں رس ہی رس، کشش ہی کشش ہے۔ اس لڑکی کے بائیں ہاتھ کی تیسری انگلی میں شادی کی انگوٹھی ہے، قبضے کی مہر۔ پھر بھی اس کی آنکھیں کسی کی ملکیت نہیں بن سکتیں، ان میں شیراز کی شراب ہے۔ جو جام سے چھلکی جاتی ہے، ان میں آب رکناباد کی، زندہ رود کی شفاف چمک ہے۔ میری ٹوٹی پھوٹی فارسی پر وہ شائستگی سے مسکراتی ہے اور پھر ہمت افزائی کے لیے فارسی ہی میں جواب دیتی ہے۔ جملے میں دو ایک لفظ میری سمجھ میں آجاتے ہیں اور پھر معمر خاتون ادھر ادھر کی باتیں کرنے لگتی ہے۔ معمر خاتون کا شوہر تیس سال تک بمبئی میں درآمد برآمد کا کاروبار کر کے خدا کے پاس جا پہنچا۔ اسی لیے یہ ایرانی خاندان سیاہ پوش تھا۔ لیکن بھلا کہیں گھوڑدوڑ سے مفر ممکن ہے۔ اسی جمگھٹ میں ایک اور زیادہ کمسن لڑکی ہے جس کی آنکھیں غزالی ہیں۔ بالکل ہرنوں کی سی آنکھیں، مگر اس کی ٹھوڑی بھی غزالوں کی سی ہے اور میری سمجھ میں نہیں آتا کہ اسے خوبصورت قرار دوں یا بد شکل۔

ایک پارسی لڑکی آ کے ان سب سے باتیں کرنے لگی۔ اس کا قد بلند اور نازک تھا۔ وہ ہری ساڑی پہنے تھی اور بڑی حسین معلوم ہوتی تھی۔ ایک سنہرے بالوں والی ہندو لڑکی قریب سے ہو کر نکلی، جس کے چہرے پر غازے یا سرخی کا خفیف سا دھبہ بھی نہ تھا اور اسی لیے اس کے چہرے سے بڑی غیر معمولی قدرتی ملاحت ٹپکتی تھی۔

میں نے خورشید مقدس جی کی دعوت پر ان کے ساتھ چائے پی۔ انگریزی میں وہ سیٹھ ہارون یعقوب سے کہہ رہے تھے، "اجی سر ایوب خاں کی اندھیری والی کوٹھی میں ایک پارٹی کا انتظام کیوں نہ کریں۔ مگر ذرا بے تکلف لوگوں کو بلائیں گے۔ راجہ باجپائے کو

بلائیں گے اور اپنے ان حیدر آبادی دوست کو۔" اور یہ کہہ کے بڑی سرپرستی کے انداز میں انھوں نے میری طور اشارہ کیا، "اور انور جو کو، نواب اور بیگم مہتاب جنگ کو، اب مہتاب جنگ کیسے ہیں؟"

"اب تو اچھے ہیں۔" سیٹھ صاحب نے انگریزی ہی میں جواب دیا۔

"اس میں موتی لال کو بھی بلا ہی لیں گے۔ بیگم پارہ اور پروتیما داس گپتا کو بھی بلالو۔ ہارون تم کو معلوم ہے میں سنیما کی ایکٹرسوں سے نہیں ملتا۔ مگر یہ لڑکیاں اچھے طبقے کی ہیں۔ لیکن ممتاز جہاں کو نہیں بلائیں گے۔ وہ سب سے زیادہ خوبصورت ہے۔ میں نے مانا، مگر لڑکی کم سے کم متوسط طبقے کی تو ہو۔ بڑی مشکل یہ ہے کہ میرا اسٹیوارڈ چلا گیا ہے، اس کی وجہ سے تمام بٹلر بے قابو ہو رہے ہیں۔ نوکروں میں کوئی انتظام باقی نہیں رہا۔ سب سے زیادہ ضرورت تو ایک اسٹیوارڈ کی ہے۔" اور مجھ سے مخاطب ہو کے خورشید مقدس جی نے پھر اسی سرپرستی کے انداز میں کہا: "مہاراجہ کارومنڈل کو میں نے آج بے تکلفی سے کاک ٹیل پینے کے لیے ولنگڈن بلایا ہے۔ تم بھی آجاؤنا، بلکہ یہیں سے میرے ساتھ چلے چلو۔"

چائے پی چکنے کے بعد میں ادھر ادھر پھر کے دیکھنے لگا۔ ایک پنجابی لڑکی، بھاری بھرا ہوا جسم، موٹے دعوت دیتے ہوئے سرخ سرخ ہونٹ، ایک بڑے کم رو نیاز مند سے شوہر کے ساتھ ساتھ تیز تیز چلی جارہی تھی۔ میں نے اس کی طرف گھور کے دیکھا تو برا مانے بغیر سوالیہ انداز میں اس کی آنکھوں نے پوچھا "کیوں، کیا اس سے پہلے آپ سے ملاقات کا شرف کبھی حاصل ہوا ہے؟"

نواب علی امداد خاں بھی تھے۔ گھوڑدوڑ اور شرطوں میں بہت منہمک۔ ان کے ساتھ ساتھ ان کی نوجوان بیگم صاحبہ۔ تروتازہ چہرے اور سرخ ہونٹوں میں چمکتے ہوئے

سفید دانت مسکراہٹ مگر وہ دوسری خواتین کے ہجوم ہی میں زیادہ تر شامل رہتیں۔ نواب امداد علی خاں البتہ بڑے اہتمام سے ہر دوڑ میں ہر گھوڑے کی خصوصیات، اس کے جاکی کے ماضی اور حال کے کارناموں، ہر گھوڑے کے وزن، اس کی تربیت کرنے والے کے ہنر، اس گھوڑے کے مالک کے اصطبل اور ایسی بہت سی تفصیلوں کو اچھی طرح جانچنے کے بعد گھوڑے کا انتخاب کرتے، کبھی "ون" نہ کھیلتے، ہمیشہ "پلیس" کھیلتے اور اس پر بھی کبھی سو روپیہ سے زیادہ کی شرط نہ لگاتے اور اس طرح قریب قریب ہر دوڑ میں جیتتے۔ تھوڑا ہی جیتتے مگر ضرور جیتتے۔ یہ سبق انھوں نے بہت کھو کے سیکھا تھا اور اب اپنے اصطبل کو وہ بڑے سائنسی انداز سے چلا اور بڑھا رہے تھے۔

اس شام کو میں خورشید مقدس جی اور انور جو کے ساتھ ولنگڈن میں بیٹھا وہسکی پی رہا تھا اور ثقیل ثقیل سنبوسے کھا رہا تھا۔ باہر میزوں کے اطراف ہلکا سا اندھیرا تھا اور اندر زوق برق ساڑیوں، یا متین کالے اور سیاہ فراکوں میں عورتیں مسکراتی ہوئی، سانسیں پھولی ہوئی مردوں کے ساتھ ناچ رہی تھیں۔ ایک ٹھنگنا سا کالا آدمی، معمر، یقیناً پنشن یافتہ، ایک جوان یعنی ایک تیس سال کی لڑکی کے ساتھ ناچ کے فرش کی طرف جا رہا تھا۔ یہ لڑکی اس کی کون ہو گی۔ لڑکی؟ شلوار پہنے تھی یعنی بمبئی میں ریس کورس کا فینسی ڈریس۔ اس کی بیٹی؟ نہیں اس نے تو اس لڑکی کو چمٹا کے ناچنا شروع کیا۔ لڑکی کا قد اس سے آٹھ انچ زیادہ بلند ہے اور عمر میں وہ اس سے تیس سال چھوٹی ہے، یقیناً یہ اس کی محبوبہ ہے۔ کوئی لڑکی جو محض ولنگڈن کلب میں ہفتے کی شام کی بہار دیکھنے اس کے ساتھ آئی ہے، شاید وہ ماہیم یا دادر کی طرف کسی اسکول میں پڑھاتی ہے یا کسی ہسپتال میں نرس ہے یا اس کا باپ نچلے متوسط طبقے کا آدمی ہو گا اور ممکن ہے وہ اس ٹھنگنے سے بوڑھے کالے آدمی کا ماتحت، منشی ہو۔

میں نے خورشید مقدس جی سے پوچھا تو وہ انگریزی میں کہنے لگے، "تم ان لوگوں کو نہیں جانتے۔ یہ پھڈ کے اور مسز پھڈ کے سب سے پہلا ہندوستانی تھا جو سی ایس ریلوے میں چیف کمرشل منیجر کے عہدے تک پہنچا اور یہ اس کی دوسری بیوی ہے۔ یہ بھی بڑے اچھے خاندان کی ہے، اس کا باپ پولیس کا ڈپٹی کمشنر تھا اور تم نے بوڑ گاؤں کر کا نام سنا ہوگا نا جو سیپرس اور مائنرس میں تھا، جسے وکٹوریا کراس ملی، بچارا اندھا ہوگیا۔ یہ اس کی بہن ہے۔"

میں نے کہا، "مگر یہ تو عمر میں بہت چھوٹی ہے، پھر ذرا اس کی صورت دیکھیے اور اس بوڑھے کو دیکھیے۔ حور کے پہلو میں لنگور۔"

"اجی ایسا تو ہوتا ہی رہتا ہے۔" خورشید مقدس جی نے کہا۔ "مگر وہ اچھے طبقے کی تو ہے۔ اصلی چیز یہ ہے لڑکی اچھے طبقے کی ہو خواہ وہ بیوی بنے یا معشوقہ۔ اچھا ذرا معاف کرنا۔ ادھر مسز کرسٹ جی بیٹھی ہے۔ میں ذرا ایک ناچ ناچ کے آتا ہوں۔ کہو تو تم کو بھی کسی اچھی لڑکی سے ملا دوں۔ اس سے ملتے ہو؟"

یہ کہہ کے خورشید مقدس جی نے ایک پارسی عورت کی طرف اشارہ کیا۔ جس کی ساڑی کا بارڈر اس کے چہرے سے زیادہ حسین تھا، ایک امریکن ملاح افسر کے بازو پر لٹکی ہوئی وہ ناچ کے فرش کی طرف چلی جارہی تھی۔

"نہیں معاف کیجیے۔ میں انور جو سے باتیں کرتا رہوں گا۔"

"ہا۔ ہا۔ ہا" خورشید مقدس جی اپنی دانست میں اپنے بے مثل مذاق پر خوش ہو کے آہستہ آہستہ ہنسے اور پھر مسٹر اور مسز کرسٹ جی کے میز کی طرف جانکلے۔

باہر جہاں ہم بیٹھے ہوئے تھے سبزہ بڑا خوبصورت تھا اور لان پر میز ہی میز تھے میں نے انور جو سے باتیں کرتے کرتے ادھر ادھر گردن گھما کے دیکھا۔ عورتیں بڑے خوش

وضع لباسوں میں تھیں۔ بمبئی کی تجارت اس کی تہذیب پر اتنی چھائی ہوئی ہے کہ عورت اور مرد کے رشتے میں بھی تجارت کا ذرا تعلق سا ہے اور لکھ پتی تاجر اور کارخانوں کے مالک جب ایک دوسرے سے ملتے ہیں تو ایک ایسی بین الاقوامیت لیے ہوئے جس کی تہہ میں گجرات اور بمبئی ہے۔ بمبئی کی تہذیبی رسم سورت میں کمپنی بہادر کے کارخانوں اور سالسٹ اور بیسن کی ہے۔ پارسی ہندو اور مسلمان، گجراتی اور مرہٹے، خوجے، بوہرے اور میمن، اتنے تمدن، اتنے آئین و رسوم اور یہ سب اس تجارتی بین الاقوامیت میں گم ہو جاتے ہیں، جس کا نام بمبئی ہے۔

ناچ کے بعد خورشید مقدس جی، مسز کرسٹ جی کے ساتھ مسٹر کرسٹ جی کو بھی اپنے ہی میز پر لے آئے۔ مسز کرسٹ جی چھوٹی سی تھی، ذرا پھیلی ہوئی، دانتوں کے درمیان ذرا ذرا سی جگہ خالی اور عمر کی دوپہر کا آغاز تھا۔ مسٹر کرسٹ جی بڑے نیاز مند قسم کے لوگ تھے۔ بات کم کرتے، ٹھہر ٹھہر کے کرتے اور بات کرنے سے پہلے سوچ لیتے کہ کوئی حماقت کی بات تو نہیں کر رہے ہیں، پھر بھی زیادہ تر باتیں ایسی ہی کرتے جن میں اگر حماقت کو زیادہ دخل نہیں تھا تو عقل مندی بھی زیادہ نہیں ہوتی تھی۔

سنبھل سنبھل کے، ٹھہر ٹھہر کے انھوں نے انور جو سے اس کا پیشہ دریافت کیا اور پھر اپنے گھر کے عجائبات کا ذکر کرنے لگے۔ ان کے دادا نے سورت میں کمپنی بہادر کے ساتھ ساتھ ترقی کی تھی اور ان کے والد کو سر کا خطاب ملا تھا۔ اگر دانشمندی سے اتنے زیادہ معذور نہ ہوتے تو موجودہ کرسٹ جی کو بھی سر کا خطاب کب کا مل گیا ہوتا۔ انہوں نے انور جو کو اپنے گھر کے عجائبات دکھانے کے لیے گھر چل کے وھسکی پینے کی دعوت دی اور ساتھ ہی ساتھ خورشید مقدس جی کو اور مجھے بھی مدعو کیا ہے۔ خورشید مقدس جی نے گجراتی گفتگو کا مطلب ہمیں سمجھایا اور اب سوا آٹھ ہو رہے تھے، گھر کی طرف جانا تو تھا

ہی۔ کلب کے باہر اپنی نیلی بیوک کے دروازے کے پاس خورشید مقدس جی بڑے شاہانہ انداز سے کھڑے ہو گئے، ایک پیر پر گھوم کے دروازہ کھولا۔ مسز کرسٹ جی پیچھے کی نشست پر بیٹھنے لگی تو انہوں نے اس کا ہاتھ پکڑ لیا، وہ ٹھہر گئی اور مسٹر کرسٹ جی بڑی ہی روادار شائستگی سے مسکرائے۔ مسز کرسٹ جی سامنے کی نشست پر بیٹھ گئی اور خورشید مقدس جی نے اسٹیرنگ وہیل سنبھالا۔ ہم سب پیچھے بیٹھے اور وارڈن روڈ ہوتے ہوئے ہارکنس روڈ کی طرف چلے، جہاں کرسٹ جی کا سو سال پرانا مکان تھا۔

تی تانیو کی ایک آرامیدہ زہرہ تھی، جس کے متعلق رک رک کے، ٹھہر ٹھہر کے مسٹر کرسٹ جی نے ہم سب کو یقین دلایا کہ یہ اصل ہے اور اس کے دادا اسے بولونیا سے خرید کے لائے تھے۔ پھر مسٹر کرسٹ جی نے ہم سب کی صورتیں دیکھیں، خورشید مقدس جی ایک صوفے کی آڑ میں مسز کرسٹ جی کا ہاتھ مروڑ رہے تھے اور ہم لوگوں کو تو یہ معلوم ہو رہا تھا کہ تصویر کا رنگ و روغن ذرا نیا نیا سا ہے اور یہ اصل نہیں بالکل حال حال کی نقل ہے۔ لیکن یوں مجھے تصویروں کی زیادہ پہچان بھی نہیں۔

بہر حال ایک چیز ضرور دلچسپ تھی، سنگ مرمر کے میز پر کمرے کے ایک سرے پر ایک منقش چوبی پردے کے آگے، انیسویں صدی کی بنی ہوئی ایک بڑی سی گھڑی رکھی تھی، اس کے متعلق بہت تامل اور انکسار سے کرسٹ جی نے کہا کہ یہ ایک فرانسیسی کمپنی نے ترکی کے کسی سلطان کے لیے بنوائی تھی۔ اوپر ایک سنہرا ہلال تھا اور ڈائل پر فرانسیسی عبارت ترکی نما حروف میں لکھی ہوئی تھی اور بھی کئی چھوٹی چھوٹی چیزیں بڑی دلچسپ تھیں۔ برک آبر ایک چینی گل دان، جے پور کے سنگ مرمر کے کھولنے، پرانی تصویریں، فرنیچر لوئی چہار دھم کے زمانے کی نقل تھا اور کرسٹ جی نے انکسار سے دونوں ہاتھ مل کے اور پھر ایک ہاتھ پتلون کی جیب میں ڈال کے کہا۔ یہ سب سامان میرے دادا پہلے

کرسٹ جی کا فراہم کیا ہوا ہے جو ایسٹ انڈیا کمپنی کے زمانے میں سورت میں۔۔۔ پھر ان کا لہجہ انکسار، خاکساری اور مصنوعی شرمیلے پن سے اس قدر مدھم ہو گیا کہ باقی الفاظ صاف سنائی نہیں دیے۔ صوفے کے پیچھے خورشید مقدس جی نے مسز کرسٹ جی کا ہاتھ پھر مروڑا اور مسز کرسٹ جی آہستہ سے اپنا ہاتھ چھڑا کے ہٹ آئی۔

خورشید مقدس جی نے کہا، "دیکھو میں آبان (یہ مسز کرسٹ جی کا نام تھا) سے کہہ رہا تھا۔ تمہارا نام کرسٹ، اصل میں خورشید ہے۔ یہ کرسٹ خورشید کا انگریزی تلفظ ہے نا؟ سورت میں ایسٹ کمپنی کے زمانے میں تمہارے دادا نے یہ تلفظ بنا لیا ہوگا۔ تو دیکھو مینو (یہ مسٹر کرسٹ جی کا نام تھا) ہم بھی خورشید تم بھی خورشید اور خورشید پارسیوں کے لیے مقدس ہے۔ اس لیے ممکن ہے کہ ہمارے باپ دادا بھی کسی زمانے میں پارسی ہوں۔

اتنے میں بٹلر وہسکی کی بوتل اور سوڈا بنانے کا شیشہ لایا۔ دوسرا بٹلر اس عجائبات سے بھرے ہوئے ڈرائنگ روم سے مناسبت رکھنے والی ایک چینی کی کشتی میں کٹ گلاس کے خوش وضع کام کے گلاس لایا۔ مسز کرسٹ جی میزبانی کے فرائض انجام دینے لگیں۔ سب کے لیے انھوں نے ایک ایک گلاس میں "بڑا" پیگ انڈیلا اور بٹلر ہم لوگوں کے سامنے گشت کرنے لگا۔

کٹ گلاس پر بجلی کا قمقمہ کئی جگہ سے چمک رہا تھا۔ کسٹ جی نے اپنے گلاس سے ایک چھوٹے سے آٹھ انچ کے مجسمے کی طرف اشارہ کیا اور ہم سب اس مجسمے کے اطراف جمع ہو گئے۔ یہ کرسٹ جی کے سورت والے پردادا کا چھوٹا سا سنگ مرمر کا مجسمہ تھا۔ قدیم پارسی لباس اور ٹوپی، مکمل، اتنی خوبصورتی اور نزاکت سے بنا ہوا کہ شال کے کشمیری نقش و نگار بھی سنگ مرمر کے اس چھوٹے سے مجسمے پر ترشے ہوئے تھے۔

مسٹر کرسٹ جی ذرا ذرا احمق ضرور ہے، مگر وہ غرور اور تصنع اور اکڑ جو خورشید

مقدس جی ایسے نو دولتیوں میں ہے، اس میں نہیں اور بہر حال اس میں خورشید مقدس جی سے بہت زیادہ ہے۔ کیوں کہ جب وہ اپنے دادا کا مجسمہ دکھا رہا تھا تو خورشید مقدس جی وہسکی کے ہلکے ہلکے سرور میں کسی سے مخاطب ہوئے بغیر آپ ہی آپ آہستہ آہستہ ہنس رہے تھے۔ "ہا۔ہا۔ہا۔" اور ان کی ہنسی یقیناً کرسٹ جی کو ناگوار گذر رہی تھی۔

مسز کرسٹ جی بات چیت کی حد تک بہت سلجھی ہوئی تھی، بڑی شائستہ مگر مجھے تو وہ بڑی غیر دلکش معلوم ہو رہی تھی۔ معلوم نہیں خورشید مقدس جی کو اس میں "اعلیٰ طبقے" کے سوا اور کون سی کشش نظر آتی تھی۔

وہسکی کے نشے میں میں اپنی فیلٹ ہیٹ وہیں مسٹر کرسٹ جی کے ہیٹ اسٹینڈ پر بھول آیا اور واپسی پر اپنے میزبان راجہ باجپائے سے جو کھانے پر ابھی تک میرا انتظار کر رہے تھے، میں نے کہا، "راجہ کرسٹ جی بیوقوف ضرور ہے، مگر اچھا بیوقوف، یعنی اس سے دوبارہ ملنے کو طبیعت چاہتی ہے۔"

"اور مسز کرسٹ جی؟ خورشید مقدس جی تو اس پر بہت مرتا ہے۔"

سوپ پیتے ہوئے میں نے منہ بنایا اور راجہ باجپائے اپنے دانتوں میں خلال کرنے لگے۔

وہ ڈبہ جس میں بیٹھا ہوا میں جوگیشوری جا رہا تھا بی بی اینڈ سی آئی کا اچھا خاصا سیکنڈ کلاس کا ڈبہ تھا۔ اخبار کے پیچھے ایک شخص کا ہاتھ پھر اس کا منہ نظر آیا۔ ہاتھ اور منہ دونوں پر جذام کے داغ تھے۔ مرض کا پھیلنا ضروری ہے۔ پانچ انگریز افسر تھے، سب کے سب کپتان۔ ان کے ساتھ تین پارسی لڑکیاں تھیں۔ آٹھویں کے ساتھ نہانے کے جوڑے تھے۔ آج اتوار کا دن تھا اور یہ سب کے سب جوہو جا رہے ہوں گے۔ ایک غنڈہ جذامی کے پاس آ کے بیٹھ گیا اور تینوں پارسی لڑکیوں کی طرف گھورنے لگا۔ پارسی لڑکیوں نے

منھ پھیر لیا اور اپنے ساتھی انگریز کپتانوں سے باتیں کرنے لگیں۔

جوگیشوری کے اسٹیشن پر میں اُترا اور مسافروں کے ہجوم سے ذرا الگ میں نے دیکھا کہ چالیس سال کا ایک لنگڑا جس کے دونوں پاؤں سوکھے اور مڑے ہوئے ہیں، بارہ برس کے ایک لڑکے کی پیٹھ پر سوار ہے۔ معلوم نہیں یہ لڑکے کا باپ ہے، ماموں ہے، چچا ہے، کون ہے۔ بوجھ اٹھائے ہوئے بارہ برس کے لڑکے پر ابھی سے بڑھاپے کے آثار ہیں، اس کے ماتھے پر جھریاں پڑنی شروع ہو گئی ہیں۔ آنکھیں زرد اور مردہ سی ہیں اور ان کے اطراف سیاہی ہے۔ پیر تسمہ پا کا شکنجہ اس کے کاندھوں پر کسا ہوا تھا۔

باوجود اس کے کہ میں بیکار ہوں اور ایسی باتوں پر غور نہیں کیا کرتا۔ پھر بھی اس عجیب منظر کو دیکھ کے میں ٹھٹک سا گیا۔ ایک دن اس بارہ برس کے لڑکے کو دفعتاً یہ معلوم ہو جائے گا کہ وہ اس پیر تسمہ پا کے بوجھ سے آزاد ہو سکتا ہے۔ وہ اس کو چھوڑ کے کہیں بھاگ جائے گا اور یہ لنگڑا چوہے کی طرح سسک سسک کے، رینگ رینگ کے مرے گا۔

پنچ محل تک وکٹوریا کا کرایہ دو روپیہ ہوا۔ جنگ سے پہلے وکٹوریا والا بارہ آنے لیتا تھا۔ پنچ محل کی دیواریں دس دس فیٹ اونچی ہیں اور چور آنا چاہے تو نقب لگا کے آئے۔ دس فیٹ اونچی دیوار پر گھاس اگی ہوئی ہے۔

اک ملاح لڑکا جو کوکب کا بھائی نکلا، وکٹوریہ والے کی آواز سن کے پھاٹک کے قریب دیکھنے آیا کہ کون ہے۔ اس ملاح لڑکے کو کمیشن مل کے شاید ابھی تھوڑے ہی دن ہوئے تھے۔ اس کی سفید وردی صاف شفاف چمک رہی تھی۔ مسٹر حسین نے "آہا" کہہ کے خیر مقدم کیا۔ میں ابھی کوکب سے کہہ رہا تھا کہ اور سب نے تو آج آنے کا قطعی وعدہ کیا تھا۔ صرف آپ کے آنے کا کچھ ٹھیک نہیں تھا۔

عورتوں کا انبار کا انبار تھا۔ ایک ناریل کے درخت کے نیچے دو عورتیں ایک سوزنی پر

دراز تھیں، ایک پارسی عورت ان کے قریب بیٹھی ہوئی کچے ناریل کا پانی آہستہ آہستہ پی رہی تھی۔ دومنزلے مکان کے سائے میں ایک قالین بچھا ہوا تھا جس پر ایک تیس سال کی لڑکی، اپنی دونوں ہتھیلیوں کو تکیہ بنائے لیٹی آسمان کی طرف دیکھ رہی تھی۔ ملاح لڑکا اس کے قریب جا کے بیٹھ گیا۔ تین کرسیوں پر مسٹر حسین کے ساتھ، دو اور آدمی بیٹھے تھے۔ انھوں نے ایک کا تعارف رستم بھائی کہہ کے کرایا اور پھر مسز رستم بھائی کی طرف اشارہ کر کے تعارف کرایا، دو کچا ناریل کھاتے کھاتے مسکرائی۔ رستم بھائی کے ساتھ دوسرا آدمی جو تھا، اس کو میں نے فوراً پہچان لیا۔ یہ وہی پستہ قد کم رو آدمی تھا، کسی ریلوے کا وظیفہ یاب چیف کمرشل منیجر جس کو میں نے کل شام ولنگڈن کلب میں دیکھا اور پھر جیسے ہی مسٹر حسین نے تعارف کراتے ہوئے مسٹر اور مسز پھڈ کے کہا۔ مجھے دفعتاً خیال آگیا کہ یہ تیس سال کی عورت جو مکان کے سائے میں قالین پر لیٹی ہوئی اپنی دونوں ہتھیلیوں کا تکیہ بنائے آسمان کی چوندھیا دینے والی روشنی کی طرف دیکھ رہی ہے، مسز پھڈ کے ہے، جو اپنے شوہر کے ساتھ شلوار پہنے ہوئے کل ولنگڈن کلب میں ناچ رہی تھی اور میں نے خورشید مقدس جی سے کہا تھا، "حور کے پہلو میں لنگور۔"

کوکب نے اٹھ کے مجھ سے ہاتھ ملایا اور مسٹر حسین نے مذاق میں کہا، "اور اگر آپ ان سے واقف نہیں تو میں ان سے آپ کا تعارف کراتا ہوں۔ یہ میری بیوی کوکب ہیں۔" میں ہنسا، کوکب ہنسی۔ اس نے ایک کچا ناریل مجھے بھی دیا اور کہا، "میں ان سے اس زمانے سے واقف ہوں، جب میں آپ سے ملی بھی نہ تھی اور آپ سے شادی کرنے کا خیال میرے ذہن میں آنے بھی نہ پایا تھا۔"

ایک ہلکا سا تاریک سایہ، کڑی دوپہر میں ہلکے سفید ابر کے سائے کی طرح چھا کر مسٹر حسین کے چہرے پر سے گزر گیا۔ مسٹر رستم بھائی ہان کاؤ اور نانکنگ کے قصے سنا

رہے تھے، جہاں ریشم کی تجارت میں انھوں نے عمر کا بڑا حصہ گزارا تھا۔

کوکب روپہلی اشرفیوں کا بلاؤز اور سادی جارجٹ کی سفید ساڑی پہنے تھی۔ اس کے چوڑے، گورے، حسین چہرے پر شباب کی تازگی تھی اور اس کی آنکھوں سے جھوٹ اور ریا کی جھلک مٹتی جا رہی تھی۔ کیسی غلطی، کیسی بڑی غلطی اس نے کی تھی۔ وہ صابن کے جھاگ اور بلبلوں کے پیچھے دوڑتی رہی اور اس کی آنکھوں پر پٹی کس کے، زندگی اُسے دھکہ دے کے بازو سے نکل گئی۔

میرے دل میں بھی کانٹا ٹوٹ گیا تھا اور کسک باقی رہ گئی تھی۔

تعارفوں کا سلسلہ ختم نہیں ہوا تھا۔ وہ دو عورتیں جو مسز رستم بھائی کے قریب لیٹی ہوئی تھیں، مسز سنگھ اور مس چند تھیں۔ ان میں سے مس چند کم سواد، کم رنگ، کم رو رستم بھائی کی باتیں غور سے سن رہی تھی۔

اور رستم بھائی یانگ چاؤ کی خوبصورت جھیل کا حال سنا رہے تھے، جس کا مقابلہ مسٹر پھڈکے لن یوٹانگ کے ناولوں کے بیانات سے کر رہے تھے۔

مسٹر حسین مجھ سے ادھر ادھر کی باتیں کرنے لگے اور پھر جب ہم رستم بھائی کی طرف متوجہ ہوئے تو وہ یانگ چاؤ کی جھیل میں کشتی رانی چھوڑ کے جاپان سے ہندوستان ریشم بھجوا رہے تھے۔ ان کی باتوں میں بڑی انسانیت، متانت اور شرافت تھی اور مسٹر رستم بھائی مجھے پسند آئے۔ ان میں بڑی ہی شائستگی تھی جو نہ ہندوستان کی تھی نہ بمبئی کی جو انھوں نے غالباً چین میں سیکھی تھی، کچھ اسی طرف کی شائستہ سنجیدگی۔

مسز رستم بھائی کے متعلق معلوم ہوا کہ وہ کبھی چین نہیں گئیں۔ مسٹر پھڈکے چین تو نہیں انگلستان میں البتہ کئی سال رہے تھے اور کہتے تھے کہ ایک زمانے میں وہ فی بین سوسائٹی کے ممبر بھی تھے۔

مجھ سے نہیں رہا گیا۔ تھوڑے ہی دن ہوئے میں نے روس کے متعلق ایک موٹی تازی کتاب پڑھی تھی جو راجہ صاحب نے مجھے بڑی تاکید سے پڑھنے کے لیے دی تھی۔ اسی کی بنا پر رستم بھائی اور مسز پھڈ کے کے سامنے میں نے دعویٰ کر دیا کہ میں بھی ذرا روس تک ہو آیا ہوں۔ میں بالشویکوں کے طرزِ حکومت کی تعریف کر رہا تھا اور کوکب حیرت سے میرے سفید جھوٹ سن رہی تھی۔ اسے اچھی طرح معلوم تھا میں نے کبھی ہندوستان سے باہر قدم نہیں رکھا۔ مگر میں تھا کہ ماسکو اور کیف اور وسط ایشیا کی داستانیں سناتا ہی جا رہا تھا اور مسٹر پھڈ کے منھ کھولے ہوئے سن رہے تھے۔ مسٹر رستم بھائی بے اعتباری سے ایک بار مسکرائے۔ مگر زبان سے اخلاقاً کچھ نہیں کہا۔ میں نے اپنا سفر لینن گراڈ سے شروع کیا، ماسکو پہنچا، کیف پہنچا اور پھر سمرقند اور مرد آکر دم لیا۔ جہاں پہاڑ تھے وہاں دریا بسا دیے، جہاں دریا تھے، وہاں ریگستان پھیلا دیے اور مسٹر حسین نے انگریزی میں تو نہیں اردو میں آہستہ سے کہا۔

"جہاندیدہ بسیار گوید دروغ۔"

میں ان کے اس شعر کو ان سنا کر کے مسٹر پھڈ کے کو سوویٹ روس کی خاندانی زندگی اور جنسی عیاشی کے حیرت ناک قصے سناتا جا رہا تھا اور کوکب میزبان کی بیوی کی حیثیت سے ہنسی ضبط کر کے کچے ناریل سب کو دیتی جا رہی تھی۔

اتنے میں مہمانوں کے دو اور جوڑے آئے۔ دو نوجوان بش شرٹ پہنے ذرا رنگا رنگ قسموں کی، ان کے ساتھ دو نوجوان خواتین تھیں۔ ان میں سے ایک یقیناً خوبصورت تھی مگر اسے حمل کا کوئی چھٹا ساتواں مہینہ ہو گا۔ دوسری کے ہونٹ موٹے تھے، مگر بڑی اعلیٰ درجے کی بنارسی ساڑی پہنے تھی۔

اب باہر بیٹھنے کی جگہ ذرا کم تھی۔ کوکب سب خواتین کو اپنے ساتھ سمیٹ کے مکان

کے اندر لے گئی۔ اس کے جانے کے بعد پنچ محل کے صحن میں خلا ہی خلا تھا۔

خواتین کے جاتے ہی گفتگو کا رخ بدل گیا۔ جو دو نوجوان ابھی ابھی آئے تھے ان میں سے ایک صاحب آغا خانی تھے اور میزبان کے اس اعتراض کا جواب دے رہے تھے کہ جن ہیروں میں آغا خاں تولے جانے والے ہیں۔ ان کے لیے غریبوں نے بھی چار آنے مہینہ چندہ دیا ہے اور مسٹر پھڈ کے مہاراجہ بھینسواڑ کے دیوان کا ذکر کر رہے تھے کہ وہ ہر ماہ شراب اتنے روپیوں کی پی جاتے ہیں کہ اس سے ایک چھوٹا موٹا ہسپتال کھولا جا سکتا ہے اور بھینسواڑ کے لوگوں کو تو چبینہ میسر نہیں اور یہاں مہاراجہ کے گھوڑے ہیں کہ۔۔۔

اتنے میں مسٹر حسین دونوں نووارد نوجوان کو کوئی جنسی لطیفہ سنانے لگے، جس پر دونوں قہقہہ مار کے ہنسے۔ ان نوجوانوں میں سے دوسرا مسٹر خان مدراسی تھا۔ مگر اردو اس صفائی سے بولتا تھا جیسے کوئی یو-پی کا رہنے والا بولے۔ کہنے لگا وسیم کے نام سے اردو میں مختصر افسانے لکھ لیتا ہوں جو اکثر "گلشن" دہلی میں شائع ہوتے ہیں۔ وہ سعادت حسن منٹو اور عصمت چغتائی سے مل چکا تھا اور ان کے مداحوں میں سے تھا۔

پھر اس موضوع پر گفتگو ہونے لگی کہ جنگ کی وجہ سے بمبئی میں مکان اور فلیٹ نہیں ملتے۔ "پگڑی" دن بدن بڑھتی جا رہی ہے۔ سینکڑوں کی جگہ ہزاروں کی پگڑی دو، تب کہیں جا کے کوئی فلیٹ لو۔ سب نے اس رائے سے اتفاق کیا کہ جنگ کے بعد کپڑوں کے متعلق باتیں کرنے لگے۔ اصلی ریشم کے متعلق جس کی پہچان یہ ہے کہ جب دھویا جائے تو پیلا پڑ جائے۔ شارک اسکن کے متعلق جو لکڑی کو کوٹ کے بنایا جاتا ہے۔ شارک اسکن سے مسٹر خان کو بڑی دلچسپی تھی اور انھوں نے پچیس روپے فی گز تک شارک اسکن خریدا تھا۔ اپنی کرسی انھوں نے مسٹر رستم بھائی کے قریب کر لی اور غور سے شارک اسکن

کے ملنے کے امکانات پر غور کرنے لگے۔ یہ گفتگو ناقابل برداشت ہوتی جا رہی تھی۔ کوکب کے بغیر خلا ہی خلا تھا۔ میں نے ناریل کے اونچے درخت کی پھنگی کی طرف دیکھا اور شارک اسکن کے متعلق گفتگو کی عام سطح سے بلند ہونے کی کوشش کی، یہاں تک کہ میزبان کی خاتون نے سیڑھیوں پر سے چلا کے کہا، "چائے تیار ہے۔"

چائے اچھی تھی، بہر حال دیر ہو رہی تھی، چائے پینے سے سر کا درد جاتا رہا۔ کئی طرح کے کیک تھے، پیسٹریاں تھیں اور کھانے کے دوران میں میں زیادہ تر مسٹر خان سے باتیں کرتا رہا۔ کبھی شارک اسکن کے متعلق اور کبھی ان کے اپنے افسانوں کے متعلق۔ ڈرائنگ روم بڑا اچھا سجا ہوا تھا۔ برآمدے سے نمکین، مسطح، کالی زمین پر ناریل کے درختوں کے جھنڈ بڑے خوبصورت معلوم ہو رہے تھے۔ کسی نے بمبئی کا قلابہ عدن سے جا ملایا تھا۔ واپسی پر مسٹر رستم بھائی، مسٹر پھڈ کے (جو روس کے مزید حالات سننا چاہتے تھے) اور مسٹر خان نے میرا ٹیلیفون نمبر مانگا اور میں نے راجہ باجپائے کا ٹیلیفون نمبر بتا دیا۔ سب کے جانے کے بعد مسٹر حسین نے مجھے روک لیا۔ میں، ملاح کا لڑکا، کوکب اور مسٹر حسین باہر صحن میں بید کی کرسیوں پر بیٹھے۔ میں نے مسٹر رستم بھائی کی تعریف کی۔ مسز رستم بھائی بھی بڑی شائستہ عورت معلوم ہوتی تھی۔ میں نے بے خیالی میں کہا، "مگر دونوں کی عمروں میں بڑا فرق ہے۔"

"دونوں کی عمروں میں بڑا فرق ہے، پھر بھی دونوں ایک دوسرے سے بہت خوش ہیں۔" کوکب نے یہ کہا اور اس کی آنکھ میں ایک چنگاری سی بجھتی ہوئی معلوم ہوئی۔ مسٹر حسین کے چہرے پر سفید بادل کا ٹکڑا ایک لمحہ کے لیے سایہ ڈال کے ذائب ہو گیا اور ان کی کنپٹی کے کھچڑی کھچڑی بال ان کی پھیکی مسکراہٹ کی دھوپ میں چمکنے لگے۔

راجہ باجپائے مجھ سے بہت دنوں سے کہہ رہے تھے کہ یونیورسٹی کانووکیشن ہال میں

ایک بین الاقوامی نمائش ہے۔ اس کا دیکھنا اس لیے ضروری ہے کہ پچاس فیصدی دعوتوں میں اس کا ذکر ہوتا ہے۔ راجہ باجپائے نے کہا، "چلو اسے دیکھ آئیں، ورنہ دعوتوں میں جب نمائش کے متعلق گفتگو ہوتی ہے تو مجھے جاہلوں کی طرح خاموش بیٹھے رہنا پڑتا ہے۔ میں بڑا جاہل اور ان پڑھ محسوس کرتا ہوں۔"

لیکن راجہ باجپائے اس روز نمائش دیکھنے گئے جب میری دعوت مسٹر اور مسز حسین کے یہاں تھی۔ میں ان کے ساتھ نہ جا سکا۔ وہ واپس آئے تو اپنے تمام مہمانوں سے کھانے پر بار بار نمائش کا ذکر کرتے اور اب میری اپنے آپ کو ان پڑھ اور جاہل محسوس کرنے کی باری تھی۔ میں نے خیال کیا کہ چلو اس نمائش کو دیکھ ہی آئیں کچھ دیر نے پیین سی روڈ پر بس کا انتظار کیا۔ پھر ارادہ کیا کہ ذرا اوپر چڑھ کے والکے شر روڈ سے دوسری بس کا انتظار کیوں نہ کروں۔ بس اسٹینڈ پر چار پانچ منٹ تو میں اکیلا کھڑا رہا۔ اتنے میں ایک پینتیس سال کی پارسی عورت آئی۔ سوکھے ہوئے ہونٹ جن پر اس نے سرخی نہیں لگائی تھی، اچھی خاصی مگر ایسی زیادہ خوبصورت بھی نہیں۔ کوئی پینتیس سال کی عمر ہو گی۔ میں نے بس کے متعلق گفتگو شروع کی اور اس نے جواب دیا۔ پھر وہ ذرا اور کھلی۔ اس نے بتایا کہ پونا میں بچوں کو پڑھایا کرتی تھی۔ اب نیس پین روڈ پر ایک بڑے پارسی گھرانے میں لڑکیوں کو سکھانے پر نوکر ہے۔ بس آج بیس منٹ دیر سے آئی اور اس اثنا میں وہ کبھی باتیں کرتی، کبھی خاموش ہو جاتی۔ یہاں تک کہ دو ایک پارسی بوڑھیاں آئیں اور صاحب جی کہہ کے وہ ان سے باتوں میں لگ گئی۔ بس آئی، میں نے غلطی یہ کی کہ اسی کی سیٹ پر اس کے پاس نہیں بیٹھا۔ دوسری بنچ پر بیٹھا۔ اس سے رخ بدل گیا۔ معاملہ بگڑ گیا۔ ہم جب فلورا فونٹین کے قریب پہنچے تو پھر اجنبی بن چکے تھے اور بس میں معلوم نہیں کس ترکیب سے ایک کملے کیڑے کا بچہ میرے کوٹ کی سیدھی آستین پر چڑھ گیا۔ ایک لالہ

صاحب جو میرے پاس بیٹھے تھے انھیں یہ بہت ناگوار گزرا اور انھوں نے مجھے چھوٹے سے دشمن کی خبر دی۔ میں نے کمل کیڑے کو جھٹکا تو وہ نشست پر گرا اور لالہ جی کپڑے جھٹک کر اٹھ کھڑے ہوئے۔ میں نے کیڑے کو نیچے پھینک دیا۔ مگر لالہ جی نے دوبارہ بیٹھنے سے انکار کر دیا۔ "نہیں جی، ہم ادھر اترنے مانگتا۔"

کانووکیشن ہال میں نمائش تھی۔ بین الاقوامی نمائش سے مجھے کیا خاک دلچسپی ہوتی میں تو ان لڑکیوں کو دیکھنے آیا تھا جو نمائش دیکھنے آئی تھیں۔ تین چھوٹی سی مرہٹہ لڑکیاں ایک لانبی اور ذرا ویران ویران صورت کی، دوسری متوسط قد کی مگر بہت کالی، تیسری پستہ قد اور خوش رو آئیں اور دربان ان سے حجت کرنے لگا کہ اپنی کتابیں یہیں چھوڑتی جاؤ۔ شاید اسکول کی لڑکیاں تھیں، ان کی سمجھ میں نہیں آیا۔ میں نے صورت حال سمجھائی کہ یہ نمائش کا قاعدہ ہے۔ لانبی لڑکی شکریے کے طور پر مسکرائی۔ نمائش کے اس حصے میں جہاں وسط ہند کی آثار قدیمہ کی کھدائیوں کی تصویریں تھیں، ہندوستان کے متعلق اور بعض بہت غیر متعلق کتابیں تھیں۔ ہوئی ڈاک کے لفافے اور ٹکٹ تھے، مغل راجپوت اسکول اور رابندرناتھ ٹیگور کی جدید تصویریں تھیں، جیرارڈ کے بنائے ہوئے نقشے اور چھوٹے چھوٹے تانبے اور پتھر کے مجسمے تھے، میں ایک اسٹال سے دوسرے اسٹال کی جانب تینوں مرہٹہ لڑکیوں کے پیچھے پیچھے پھرتا رہا۔ اس تعاقب میں ایک پارسی پروفیسر خلل انداز ہوا جس نے زبردستی مجھے مخاطب کرکے ویریر ایلون کا ذکر چھیڑ دیا۔ ویریر ایلون نے ایک گونڈ عورت سے شادی کی تھی، یہ اس پارسی پروفیسر کو بہت ناگوار تھا۔ پارسی پروفیسر سے چھٹکارا حاصل کرکے میں پھر ان تینوں مرہٹہ لڑکیوں کے پیچھے پیچھے ایک اسٹال سے دوسرے اسٹال کی جانب پھرنے لگا۔ میں نے پستہ قد اور خوش رو مرہٹہ

لڑکی سے موقع دیکھ کے ہندی کے لسانی نقشے کے متعلق محض بات کرنے کے لیے پوچھا۔ وہ کہنے لگی یہ حروف کا ارتقا ظاہر کرتا ہے اور میں اس کے لبوں کی حرکت دیکھتا رہا۔ دوسرے اسٹال پر میں نے پھر موقع دیکھ کر اس لڑکی کو چارلس جیرارڈ کے اس نقشے کا مطلب سمجھانا چاہا جس میں آرٹ کی تاریخ کا خلاصہ تھا۔ وہ مسکرا کے آگے بڑھ گئی۔ میں ایک اسٹال کے بعد دوسرے اسٹال کو ان تینوں کے ساتھ پھرتا رہا۔ یہاں تک کہ کچھ اور مغل تصویریں نظر آئیں جن کے نام درج نہیں تھے۔ میں نے پستہ قد خوش رو مرہٹہ لڑکی سے موقع پا کے پوچھا کہ آپ کے پاس جو فہرست ہے اس میں شاید ان تصویروں کے نام ہوں۔ اس نے ورق الٹے پلٹے اور کہنے لگی نہیں فہرست میں بھی نام نہیں۔ پھر کہنے لگی میں نے فہرست اس لیے خریدی تھی کہ اس سے مدد ملے گی مگر یہ تو بالکل بیکار ہے۔ یہ کہہ کے وہ ہنسی اور اپنی سہیلیوں کے ساتھ نمائش کے باہر چل دی۔ میں نے اپنے دل میں کہا، تین تین لڑکیوں کا تعاقب کتنی حماقت ہے۔ یہ اکیلی ہوتی یا ان تینوں میں سے کوئی لڑکی اکیلی ہوتی تو شاید رسم و راہ کی صورت نکل سکتی۔ مجبوراً دل کو تسلی دینے کے لیے چینی نمائش میں چینی جیڈ اور جیڈ کا بنا ہوا ایک گل دان دیکھتا رہا۔ ایک چینی نمائش دیکھنے والوں کو نیم موسیقانہ لہجے میں گلدان کے تاریخی اسرار و رموز سمجھا رہا تھا۔

کاوس جی جہانگیر ہال جاتے میں تینوں مرہٹہ لڑکیاں پھر دکھائی دیں۔ مگر اب ان کا تعاقب مجھے تضیع اوقات معلوم ہوا۔ کاوس جی جہانگیر ہال کے دروازے پر پارسی لڑکیاں مسکرا مسکرا کے نمائش کا مرقع بیچنے کے لیے بڑھیں۔ میں نے بڑی لاچاری سے منھ بنا کے اپنی جیبوں کی طرف اشارہ کیا اور کہا کہ "نہیں" وہ ہٹ گئیں اور ان میں سے ایک دوسری سے مخاطب ہو کے کوئی نیا امریکن گیت گنگنانے لگی۔ ثقافتی نمائش میں ایک شمال یا

وسط یورپ کی لڑکی دیہاتی کپڑے پہنے ہوئے ایک داڑھی والے پول سے باتیں کر رہی تھی۔ کچھ دور پر ناروے کا پہلا قنصل جنرل اسی پارسی پروفیسر سے، جس کو ویریر ایلون کی شادی پر اعتراض تھا، باتیں کر رہا تھا۔ "ہاں برگن کے لوگ بڑے خوبصورت ہوتے ہیں۔۔۔ ہاں بے شک بے شک۔ بڑے مہمان نواز مگر اوسلو کے لوگ نہیں، نہیں۔ جب سے جنگ شروع ہوئی، میں ہی۔۔۔ ہاں آپ ٹھیک کہتے ہیں۔۔۔ میں ہی، میں ہندوستان میں ناروے کا پہلا قنصل جنرل ہوں۔"

بعض عجیب عجیب "مجموعے" تھے۔ ایک پکا کانگریس والا یا شاید کمیونسٹ قسم کا نوجوان ایک بڑی خوبصورت سیاہ بالوں والی اینگلوانڈین لڑکی کے ساتھ پھر رہا تھا۔ ناروے کے اسٹال پر اس نے اپنی ساتھی حسینہ سے کہا، "چلو، یہاں سے چلیں۔ ناروے میں بڑی سردی ہے۔" ناروے کا قنصل جنرل ان دونوں کی طرف دیکھ کے ذرا مسکرایا اور پھر پارسی پروفیسر سے باتیں کرنے لگا۔ اس کانگریس والے کھدر پوش اور سیاہ بالوں والی اینگلوانڈین لڑکی کے ساتھ مثلث کی تکمیل کے لیے ایک نیم سفید سے چمڑے کا نوجوان تھا جو ممکن ہے کہ براعظم یورپ کا یہودی ہو یا شاید بمبئی ہی کا کوئی اینگلوانیڈین نوجوان ہو۔ وہ اس لڑکی کی بچی کھچی توجہ اپنی طرف منعطف کرنے میں کوشاں تھا۔

پھر ٹینس کے دو ریکٹ تھے۔ ٹینس کی ریکٹوں کے ساتھ دونوں نوجوان لڑکیوں کی کمریں بھی ذرا ذرا لچک جاتیں۔

پھر جب پریاں رخصت ہونے لگیں تو ایک ادھیڑ عمر عورت نے جو بڑی بیش قیمت بنارسی ساڑی پہنے تھی مجھ سے پوچھا کہ چین کہاں ہے۔ میں نے کہا۔ ہندوستان اور چین کے اسٹال تو کانووکیشن ہال میں ہیں۔ پھر اس نے مجھ سے کہا کہ سویڈن کا اسٹال کہاں ہے۔

میں اشارے سے بتانے لگا تو اس نے کہا، "میں سمجھی نہیں۔" مجبوراً میں اسے سویڈن کے اسٹال تک لے گیا۔ اسے پہنچا کے میں واپس آنے لگا تو وہ کہنے لگی، "یہاں تو کچھ بھی نہیں۔" کنگ ہاکون اور اس کا ولی عہد دونوں تصویروں سے اس کی طرف دیکھتے ہی رہ گئے۔ میں نمائش کے باہر جانے لگا تو وہ کہنے لگی، "میں اور سب اسٹال دیکھ چکی ہوں۔ اگر آپ کہیں جانا چاہتے ہیں تو میں آپ کو پہنچا دوں۔" جو گاڑی اس کے سامنے کھڑی تھی ۱۹۳۸ء کے ماڈل کی رولس رائس تھی۔ مگر اس ادھیڑ عمر کی عورت کے پاؤڈر اور رنگ سے لپے ہوئے چہرے اور اس کے لباس میں سینٹ کی تیز مصنوعی خوشبو سے مجھے کچھ ایسی گھن معلوم ہوئی کہ میں نے شکریہ ادا کیا اور اپنی جان چھڑا کے بھاگا۔

میرین ڈرائیو پر ایک میلا سا لگا ہوا تھا۔ گجراتی، مرہٹے، پٹھان، خوجے، میمن، بوہرے، پنجابی، عرب، یہودی، انگریز، مرد، عورتیں، بچے، غریب، خوش حال، امیر اور سمندر، سمندر، سمندر۔

میں نے طے کیا کہ میرا جی بھر گیا ہے۔ اب کل راجہ باجپائے سے اجازت لے کے حیدر آباد واپس جاؤں گا۔ بیکاری کیسی عجیب زنجیر ہے، ایک شہر سے دوسرے شہر کو بھاگو مگر وہ ساتھ ساتھ ہے۔ تمام بیکاریوں سے زیادہ مہلک ذہنی بیکاری۔

سال بھر کے بعد حیدر آباد میں پھر اسی ذہنی بیکاری سے اکتا کے میں بمبئی آیا۔ اب ہنگامے ہو رہے تھے۔ کانگریس نے آئی۔ ان۔ اے کے لیے ہنگامہ کیا۔ کمیونسٹ پارٹی کا دفتر لوٹا گیا اور ان کا چھاپہ خانہ توڑا گیا۔ مسلم لیگ نے رشید ڈے منایا۔ ہندوستانی بحریے نے بغاوت کی اور مجھے یقین ہو گیا کہ اب شاید میری اور میرے جیسوں کی ذہنی اور عملی بیکاری ختم ہو۔ لیکن پھر ہندو مسلم فساد شروع ہوا۔ غنڈے کے چھرے پیٹھوں،

گردنوں، آنکھوں میں بھونکے جانے لگے، موٹروں سے مشین گن نے بھائیوں پر گولیاں چلائیں اور میں کھاتا پیتا، مزے اڑاتا بیکار پھر مطمئن ہو گیا کہ اس ملک میں کچھ نہیں ہو گا۔ شاید یہ آزادی کے قابل ہی نہیں اور پھر اپنی بیکاری کا لطف اٹھانے کے لیے اور اس کو بھلانے کے لیے میں نے حیدر آباد سے بمبئی، بمبئی سے پونا، پونا سے دہلی، دہلی سے لاہور، مسوری، دارجلنگ کا چکر شروع کیا اور اگر ہو سکا تو ان گرمیوں میں میں امریکہ کا اک چکر لگا آؤں گا۔ راجہ باجپائے تو پختہ ارادہ کر چکے ہیں۔

***

مدن سینا اور صدیاں

تب وی تال نے کہا، "مہاراج! اگلے زمانے میں ایک راجہ تھا جس کا نام ویرا باہو تھا۔ انگ پورہ اس کی راجدھانی تھی اور دور دور کے راجے اس کو باج دیتے تھے۔ سات سمندر پار کے سوداگر چھوٹے چھوٹے جہازوں میں بیٹھ کر بھارت درشن میں آتے اور اس کی راجدھانی سے موتی، مسالے، ہیرے اور نہ جانے کیا کیا خرید لے جاتے۔ بیوپار کی برکت سے انگ پورہ کے ویش بہت امیر ہونے لگے اور انگ پورہ کے ویش سوداگروں کے مکان روپ اور صفائی میں دوسرے ملکوں کے راجوں کی ڈیوڑھیوں کا مقابلہ کرنے لگے۔ انہیں دیش امیر سوداگروں میں سے ایک کا نام ارتھاوت تھا۔ اس کے ایک بیٹا تھا، انمول ہیرے جیسا، جس کا نام دھن دت تھا۔ ایک بیٹی تھی جو دوسری تمام لڑکیوں میں یوں دمکتی جیسے کنکروں میں سچا موتی۔ اس کا نام مدن سینا تھا۔

ارتھادت اپنے بیٹے دھن دت کو ساتھ لے کر سمندر کنارے کے کسی شہر کو چلا جاتا تھا جہاں افریقہ اور روم دیس کے سوداگر مال خریدنے آتے تھے۔ اس کی بیٹی مدن سینا اپنی سکھیوں، سہیلیوں کے ساتھ باغ میں کھیلا کرتی۔

ساون کا مہینہ آیا۔ مدن سینا اور اس کے سکھیاں جھولتی اور گاتی جاتی تھیں۔ آکاش بادل کی رضائی اوڑھے ہلکی ہلکی پھوار برسا رہا تھا۔ مدن سینا اور اس کی سکھیاں پنچھیوں کی طرح چہچہا رہی تھیں۔ اتنے میں ہوا کا ایک جھونکا آیا اور بڑی بڑی بوندیں درختوں سے گرنے لگیں۔ کسی کے قدموں کی چاپ سنائی دی اور دھرم دت کو پاس کھڑا دیکھ کر مدن

سینا کی ایک سکھی بول اٹھی، تیرا دوست یہاں نہیں۔ وہ تو اپنے پتاجی کے ساتھ سمندر کنارے کے شہر کو گیا ہے۔

مدن سینا نے دیکھا کہ دھرم دت اسے برابر گھور رہا ہے۔ شرم سے اس نے گھونگھٹ کاڑھ لیا۔ دھرم دت اسی طرح گم سم کھڑا رہا جیسے وہ اندھا، گونگا یا بہرا ہے۔ بچارا کیا کرتا۔ اتنی دیر میں پریم کے تیروں نے اس کی سمجھ بوجھ کو چھلنی کر دیا تھا۔ وہ سوداگر بچہ بھلا کیا جانتا تھا کہ اس کے دوست دھن دت کی بہن مدن سینا جوان ہو کر ایسی سندر نکلے گی۔ وہ ایک پاگل کی طرح مدن سینا کو گھور ہی رہا تھا کہ مدن سینا اور اس کی سکھیاں چڑیوں کی طرح آپس میں چہچہائیں، کھکھلائیں اور پنچھیوں کی طرح پھر سے اڑ کر مدن سینا سمیت مکان میں کہیں غائب ہو گئیں۔

جب دھرم دت کی آنکھوں نے مدن سینا کو اوجھل پایا تو اس کے دل کو بڑا دھچکا لگا۔ گم سم وہ اپنے گھر واپس پہنچا اور صبح تک چاند کی کرنوں کے زخم سہتا، چاندنی کے بھالے کھاتا، بچھونے پر کروٹیں بدلتا رہا۔

نور کے تڑکے اٹھ کے وہ سیدھا ارتھادت کے باغ کی طرف چلا۔ اب بھی آسمان سے ہلکی پھلکی پھوار برس رہی تھی اور پتیوں کے کٹوروں میں پانی اور اوس میں امتیاز مشکل تھا۔ ابھی اننگ پورے سے رات کے اندھیارے کا بادل اٹھنے نہیں پایا تھا۔ باغ میں مدن سینا اکیلی تھی۔ بالوں کے لیے پھول چننے آئی ہو گی۔ اس کی سہیلیاں معلوم نہیں اپنے اپنے گھروں میں تھیں یا ابھی مدن سیناہی کے یہاں پڑی سو رہی تھیں۔ شاید اوس اور صبح کاذب کے پانی کی بوندوں اور ہوا کی بھینی بھینی خوشبو اور پتوں میں گرگٹوں کی سرسراہٹ سے انہیں کوئی خاص دلچسپی نہیں تھی۔ ان کے ہردے ابھی جاگنے نہیں پائے تھے یا شاید جاگ جاگ کے سو گئے تھے۔

اکیلی مدن سینا نے پھول توڑنے میں پھر پیروں کی چاپ سنی اور اس کا دل دھک دھک کرنے لگا اور پھر اس نے کسی کو چھلانگ مارتے دیکھا اور کانٹوں کی باڑھ سرسرا کر رہ گئی۔

پھر مدن سینا نے دھرم دت کو اپنے پاس کھڑا پایا۔ اس طرح کہ گویا وہ اسے اپنے ہاتھوں میں جکڑ لے گا اور خوف سے اس کا جسم کپکپانے لگا۔ اس کے ہاتھوں سے شبنم اور پانی سے دھلے پھول گر گئے اور بارش کی ہلکی ٹھنڈی پھوار میں بھی اس کی مانگ کے نیچے پیشانی پر پسینے کے گرم گرم قطرے نمودار ہوئے اس نے چیخنا چاہا مگر چیخ نہ سکی۔ اس ڈر کے مارے کہ اس کی داسیاں یہاں اسے اس نوجوان کے پاس اس وقت دیکھیں گی تو اسے نردوش نہ سمجھیں گی اور کیا اس کی سکھیاں اسے یہ کہہ کے بدنام نہ کریں گی کہ وہ خود بڑی رات گئے یا اتنے تڑکے دھرم دت سے ملنے آئی ہو گی۔

اتنے میں دھرم دت کے ہاتھ جو اسے بھینچنے کے لیے اٹھ رہے تھے، نیچے گرے، دھرم دت اس کے چرنوں میں گر پڑا، "مدن سینا تو میری نہ ہوئی تو میں مر جاؤں گا۔"

مدن سینا نے اس سے کہا، "دھرم دت، یہ آج تجھے کیا ہو گیا۔ معلوم ہے میں کنواری ہوں اور میرے پتا نے میری منگنی ایک دوسرے دیش کے سوداگر سمدردت سے کی ہے اور تھوڑے ہی دنوں میں اس سے میرا بیاہ ہونے والا ہے۔"

دھرم دت زمین سے اٹھ کھڑا ہوا اور دانتوں سے اپنا ہونٹ کاٹ کے اس نے کہا، "جو ہونا ہے ہو جائے۔ تیرے بغیر میں زندہ نہیں رہ سکتا۔" اس کے ہاتھ پھر اٹھے۔ مدن سینا کو بھینچنے کے لیے اور وہ خوف سے پھر تھر تھر کانپنے لگی۔ کہیں یہ زبردستی نہ کرے۔ بدنامی کے ڈر سے وہ چلا بھی نہیں سکتی تھی۔ اس نے جلدی سے پیچھے ہٹ کر کہا،

"سن تو، پہلے میرا بیاہ ہو جانے دے۔ میرے پتا کی تمنا تو پوری ہو جائے کہ وہ مجھ

کنواری کو دلہن بنتی دیکھیں۔ پھر میں تیرے پاس ضرور آؤں گی کیونکہ تیرے پریم نے میرے دل کو موہ لیا ہے۔" یہ کہہ کر وہ دونوں ہاتھوں سے اسے روکتی ہوئی اور پیچھے ہٹی۔

راستہ روک کے دھرم دت نے کہا، "میں ایسی عورت سے پریم نہیں کر سکتا جو پہلے کسی اور مرد سے ہم آغوش ہو چکی ہو۔"

اور مدن سینا نے ڈر کر کہا، "اچھا تو میں بیاہ ہوتے ہی فوراً تمہارے پاس آؤں گی اور اس کے بعد اپنے پتی کے پاس جاؤں گی۔"

اس پر بھی دھرم دت نے اس کا ہاتھ پکڑ ہی لیا اور اس وقت تک نہیں چھوڑا جب تک مدن سینا نے بھگوان کی قسم کھا کے اپنے وعدے کی توثیق نہیں کی۔ تب اس نے اس کا ہاتھ چھوڑا اور چھلانگ مار کے کانٹوں کی باڑ کود گیا۔

پانی کی پھوار رک گئی تھی۔ مدن سینا کا دل جو دھک دھک کر رہا تھا، اب بیٹھنے لگا۔ وہ بہت اداس اداس گھر کے اندر گئی۔

جب بیاہ کا دن آیا اور سب رسمیں پوری ہو چکیں تو مدن سینا اپنے پتی سمدر دت کے گھر گئی۔ خوشیوں میں دن گزرا اور جب اکیلے میں اس کے پتی نے اسے اپنے آغوش میں جکڑنا چاہا تو وہ تڑپ کے نکل گئی اور دھیرے دھیرے روتے اور آنسو پونچھتے ہوئے سر جھکا کر اس نے کہا، "میرے پتی، میرے بالم، میرے ناتھ، میں تجھے اپنی جان سے زیادہ چاہتی ہوں۔ لیکن مجھے جو کہنا ہے سن اٹھ اور وعدہ کر کہ تو مجھے سزا نہیں دے گا تاکہ میں جو کہنا چاہتی ہوں تجھ سے کہہ سکوں۔"

جب سمدر دت قسم کھا چکا تو مدن سینا نے چند روز پہلے جب اس کے والد اور بھائی سفر پر تھے، دھرم دت کے باڑھ پھاند کے اندر آنے اور بارش کی ہلکی پھوار اور شبنم اور آنسوؤں کی کہانی اسے سنائی اور آخر میں اس سے کہا، "میرے ساجن اب تو بتا، اب میں

کیا کروں، میں تو اس پاپی سے بچن ہار چکی ہوں۔"

سمدر دت قسم تو کھا ہی چکا تھا، نہ وہ اسے سزا دے سکتا تھا نہ اسے روک سکتا تھا۔ اس نے مدن سینا کو اجازت دے دی کہ اپنا قول پورا کرنے کو جہاں اس کا جی چاہے جائے۔

وہ اٹھی اور اپنے پتی کے گھر سے باہر چلی گئی۔

اس رات کو آسمان پر گہرے بادل چھائے تھے۔ مگر بجلی نہیں چمک رہی تھی کہ اننگ پورے کی سڑک پر کوئی چور ڈاکو گھات لگائے بیٹھا ہو تو نظر آجائے یا کوئی کالا یا چتکبرا سانپ کہیں کنڈلی مارے بیٹھا ہو تو پاؤں پڑنے سے پہلے ہی راہی کو خبر ہو جائے۔

مدن سینا اس اندھیرے کی وجہ سے اپنے جیون سے اور بھی بے پروا ہو کر دھرم دت کے گھر کی طرف جا رہی تھی کہ بڑ کے ایک موٹے تنے کے پیچھے سے لپک کے ایک ہٹے کٹے ڈاکو نے اسے دبوچ لیا۔ نہ وہ اسے چھوڑنا چاہتا تھا نہ اس کے زیوروں کو۔ اس کے آگے ہاتھ جوڑ کے دیش سوداگر کی لڑکی نے دھرم دت سے اپنے وعدے، شوہر کی اجازت اور سب واقعات بیان کیے اور آخر میں منت کر کے کہا، "ڈاکوؤں کے راجہ بس مجھے گھنٹہ بھر کے لیے چھوڑ دو، میں اپنا قول پورا کر لوں، اس کے بعد میں یہیں واپس آؤں گی۔ جیسا سلوک تمہارا جی چاہے کرنا اور تم کوئی چنتا نہ کرو، میں اپنا بچن پورا کروں گی۔"

ڈاکو نے یہ سن کر اسے جانے کی اجازت دے دی اور وہ سیدھی دھرم دت کے گھر پہنچی۔ جو اتنے دنوں سے اس کے عشق اور اس کی تمنا میں بے چین تھا لیکن اسے اپنے گھر میں دیکھ کر اچنبھے سے اسے سکتہ ہو گیا۔ پھر اس نے پوچھا، "تم یہاں کیسے آنے پائیں۔"

مدن سینا نے اپنی اور اپنے بالم کی گفتگو اس کے سامنے دہرائی تو دھرم دت جو اس کے سوا کسی اور کو کبھی چاہ نہ سکتا تھا، کہنے لگا، "تم نے تو اپنا بچن پورا کیا لیکن تم جو کسی دوسرے کی پتنی ہو میرے کس کام کی ہو جس طرح تم آئی ہو ویسی ہی چلی جاؤ، کوئی تمہیں

دیکھنے نہ پائے۔ ایک آنکھ سے ہنستی اور دوسری سے روتی مدن سینا اسی راستے سے واپس ہوئی۔ لیکن اس نے ڈاکو سے بھی بچن ہارا تھا اور اس بڑ کے سامنے اس ڈاکو سے ملنا تھا۔ بڑ کے پاس پہنچتے پہنچتے اس کا دل بیٹھنے لگا۔

بڑ کی آڑ سے ڈاکو کلہاڑی لیے پھر دھم سے سامنے آکودا۔ اسے مدن سینا کے آنے کی تو آشا نہیں تھی۔ مگر وہ دوسرے امیر راہگیروں کو لوٹنے کا انتظار کر ہی رہا تھا۔ مدن سینا کو اتنی جلدی واپس آتے دیکھ کر اس نے کہا، "کیوں کیا ہوا؟"

اور مدن سینا نے یہ قصہ بیان کیا کہ دھرم دت نے ہاتھ لگائے بغیر ہی اسے چھوڑ دیا۔ اس پر اس ڈاکو نے اسے کہا، جو اب تک اپنی کلہاڑی سے درخت کی لکڑی کی طرح ہزاروں کے سر توڑ چکا تھا، "تیری سچائی سے خوش ہو کر میں بھی تجھے چھوڑتا ہوں۔ جا اپنے سونے چاندی اور عزت کے زیوروں سمیت اپنے گھر جا۔"

سمدردت جس کا دل پہاڑی ندی کی طرح سر پٹک رہا تھا۔ کواڑ پر ہلکی سی تھاپ کی آواز اور زیوروں کی چھنا چھن سن کے اٹھا۔ مدن سینا نے اس کے چرنوں کو چھو کے جب سر اٹھایا تو اس کی آنکھوں میں جو آنسو چھلک رہے تھے وہ رنج یا بے کسی کے نہیں، خوشی اور پریم کے تھے۔ سمدردت سے اس نے رات کی کہانی سنائی۔ کس طرح سچ اور اپنے بچن کی پاس کی وجہ سے دھرم دت اور ڈاکو دونوں کے دلوں میں بھگوان نے ترس اور رحم ڈالا۔ کس طرح وہ پاک اور اچھوتی اپنے ساجن، اپنے ناتھ کے پاس واپس آئی۔ سمدردت کو اپنے گھرانے کی آبرو بچنے سے زیادہ خوشی اس کی ہوئی کہ اس نے ایسی سچی اور قول کی پکی استری پائی اور اسکے بعد مرتے دم تک دونوں نے ہنسی خوشی دن گزارے۔

قصہ ختم کر کے ویتال نے مہاراج تری وی کرم سینا سے پوچھا، "جے مہاراج کی۔ اب مہاراج یہ بتائیں کہ ان تینوں میں سب سے زیادہ فراخدلی سے کس نے کام لیا۔ مدن

سینا کے پتی نے یا دھرم دت نے یا ڈاکو نے۔"

تب مہاراج نے کچھ سوچ کے اسے جواب دیا، "ویتال۔ ان تینوں میں سچ پوچھو تو دراصل فراخدل وہ ڈاکو ہی تھا۔ اس کا پتی ہی اسے کیسے نہ جانے دیتا۔ جب کسی پتنی اور کسی مرد میں کسی قسم کا بندھن ہو تو کوئی شریف پتی اسے کیسے روک سکتا ہے۔ دھرم دت اس لیے اس سے دست بردار ہو گیا کہ وقت گزر جانے کی وجہ سے اس کا عشق سرد ہو چکا تھا اور شاید وہ ڈرتا تھا کہ مدن سینا کا پتی دوسرے دن راجہ سے اس کی شکایت نہ کر دے۔ لیکن ڈاکو، وہ بے اصول، بدمعاش، اندھیارے کا باسی، وہ سچ مچ فیاض اور فراخ دل تھا کہ اس نے ایسی خوبصورت عورت کو جواہرات سمیت چلے جانے دیا۔"

معلوم نہیں ویتال اب کہاں ہے اور کس حال میں ہے۔ کشمیر کے کسی پہاڑ پر جہاں ناظر سے اس کی ملاقات ہوئی تھی، کوئی اور پچیسی لکھ رہا ہے یا شہروں اور دیہاتوں میں آوارہ پھر رہا ہے۔ ممکن ہے وہ کبھی شیوا گرام بھی گیا ہو اور اس نے مدن سینا کے اصولوں کو اہنسا اور ستیہ گرہ کے لقب سے سیاست پر چسپاں ہوتے دیکھا ہو۔ یہ صدیوں کا تانا-بانا۔ سچائی کا تقاضا تو یہی ہے کہ غنیم حملہ کرنا چاہتا ہے تو گھر کے دروازے کھول دو۔ بھارت ماتا کی عصمت اور عزت کو ہاتھ لگائے بغیر وہ الٹے قدم واپس ہو جائے گا۔ اس کا کیا علاج کہ فاشسٹ شہنشاہیاں دھرم دت اور ڈاکو اتنے شریف بھی نہیں۔

اور معلوم نہیں ویتال بابو کو پتہ ہے یا نہیں کہ مدن سینا کی اولاد چار دانگ عالم میں پھیل چکی ہے۔ اس کی اور سمدردت کی اولاد کا اثر برما میں راج کماری تھودھما تساری کے فیصلوں پر بھی ہوا۔ بہار دانش، طوطی نامہ، داستاں چہل وزیر اور معلوم نہیں کہاں کہاں پھرتے ہوئے اس کے پوتے پوتیوں نے سنا ہے کہ گرین لینڈ جانے والے ڈائکنگ سیاحوں میں گھر کر اس نے چستان کی پہاڑیوں کی بھی سیر کی۔ اسی خاندان کی ایک شاخ نے

سائبریا کے برفستانوں میں قیام کیا جہاں سے انہیں گزشتہ جنگ عظیم کے بعد نکال دیا گیا۔

(۲)

لیکن مہاراج تری وی کرم سینا نے اپنے قول فیصل میں یہ کیوں کہا، "جب کسی پتنی اور کسی اور مرد میں کسی قسم کا بندھن ہو تو کوئی شریف پتی اسے کیسے روک سکتا ہے۔"

کیا ابن حزم سے ہوتا ہوا یہ سلسلہ انڈریاس، کیپی لانس تک پہنچتا ہے۔ کرون وسطیٰ کے درباری آداب عشق میں اس کی تفسیر ملتی ہے جب ملکہ اور خواتین ایک دربار عشق یا عدالت عشق ترتیب دیتی تھیں، جس میں عاشقوں کی بے وفائی اور معشوقاؤں کی جفا پر استغاثے ہوتے تھے اور احکامات اور سزائیں دی جاتی تھیں۔

ایک خاتون الف کو مدن سینا کی طرح اپنے پتی ہی سے محبت تھی۔ یہ اور بات تھی کہ اس جاہلیت کے زمانے میں خاوند، خداوند نہیں ہوتا تھا۔ بلکہ نائٹ اپنی زندگی اور اپنی خدمت کو مذہب اور خواتین کی خدمت کے لیے یکساں وقف رکھتے تھے۔ بہرکیف اس خاتون الف پر دھرم دت کی طرح ایک مرد شریف کاؤنٹ جی عاشق تھا۔ عاشق اور معشوقہ کی بحث و حجت کا کوئی نتیجہ نہیں نکلا تو دونوں حریفوں نے میری ملکہ شامپین سے فیصلہ چاہا اور اس نے کئی خواتین کے مشورے سے یہ فیصلہ صادر کیا۔

"ہم اعلان کرتے ہیں اور ہم اسے امر طے شدہ سمجھتے ہیں کہ عشق ایسے دو افراد کے درمیان اپنی طاقتوں کا اثر نہیں ڈال سکتا جو ایک دوسرے سے منکوح ہوں۔ کیونکہ عشاق ایک دوسرے کو ہر چیز آزادی سے دیتے ہیں، کسی جبر یا مجبوری سے نہیں۔ لیکن شادی شدہ جوڑے میں فریقین مجبور ہیں کہ بطور فرض ایک دوسرے کی خواہشیں پوری کریں اور ایک دوسرے سے امر میں انکار نہ کریں۔"

اس فیصلہ کی تاریخ یکم مئی 1174ء ہے۔

اس کے آٹھ یا نو سو سال بعد اس فیصلہ پر دو یہودیوں کارل مارکس اور ایلنگلز نے نظر ثانی کی۔ ان کا فیصلہ یہ ہے،

"ہمارے بورژوا اپنے مزدوروں کی بیویوں اور بیٹیوں ہی پر اکتفا نہیں کرتے۔ رنڈیوں کا تو ذکر ہی کیا، انہیں ایک دوسرے کی بیویوں کو پھسلانے میں انتہائی لطف آتا ہے۔"

(۳)

مجھ جیسے راوی پر کون اعتبار کرے گا اور یوں بھی ہندوستانی مورخوں کو کون سند کے قابل سمجھتا ہے، لیکن میرے خیال میں سمرردرت اور مدن سینا کی اولاد اس طرح ولایت پہنچی ہوگی کہ جب شام اور مصر کی فتح کے بعد خسرو پرویز قسطنطنیہ پر ایک طرف سے بڑھ رہا تھا اور اس کا حلیف وحشی اور قوم کا کاغان (خاقان) یورپی جانب سے۔ اس وقت خسرو پرویز کو صلح کے لیے جو تاوان جنگ باز قطینی قیصر نے پیش کیا۔ وہ ایک ہزار طلائی مہروں، ایک ہزار نقرئی مہروں، ایک ہزار ریشمی عباؤں، ایک ہزار گھوڑوں اور ایک ہزار کنواری لڑکیوں پر مشتمل تھا۔

ان ایک ہزار کنواریوں میں سیرایا شیریں شامل نہیں تھی۔ مشرقی افسانہ نگاروں کے برخلاف مغربی مورخوں کو اس سے اتفاق نہیں کہ یہ سیرایا شیریں باز قطینی قیصر موریس کی بیٹی تھی۔ لیکن وہ یہ ضرور مانتے ہیں کہ سیرایا شیریں کسی مشہور اعلیٰ رومی گھرانے کی چشم و چراغ تھی۔ جس طرح اس کے رومی نام سیرا کو بگاڑ کر ایرانی افسانہ نگاروں نے اسے شیریں بنا دیا۔ اس لفظ میں ایرانی تصور حسن کی روح پنہاں ہے۔ اسی طرح اس کے شوہر شہنشاہ کو اس کی زندگی ہی میں پرویز کا لقب ملا جو ظاہر کرتا ہے کہ اس

کے مردانہ حسن میں ستاروں کی سی جگمگاہٹ تھی۔ یہ سب کو معلوم ہے کہ خسرو پرویز کو اپنی ملکہ شیریں سے جس قدر عشق تھا، ملکہ اسی والہانہ عشق سے اس کا جواب نہ دے سکتی تھی۔ اب مدن سینا، دھرم دت اور سمدر دت کے مثلث نے یہ شکل اختیار کی۔

مدن سینا شیریں

سمدر دت خسرو پرویز

دھرم دت فرہاد

فرق اتنا تھا کہ مدن سینا کو اپنے شوہر ہی سے محبت تھی۔ لیکن شیریں کا دل اپنے حسین شوہر شہنشاہ کا نہیں۔ ایک کمین و کمتر مزدور کا غلام ہو چکا تھا یہاں تیشہ اور جوئے شیر اور کوہ کنی کا قصہ دہرانے کی ضرورت نہیں۔ لیکن مدن سینا کی طرح شیریں نے بھی وصل کا وعدہ کیا تھا۔ سمدر دت کی طرح خسرو پرویز نے اس وعدے کی توثیق کی۔ سمدر دت اپنے وعدے پر اس لیے قائم رہا کہ اس وقت عورت خانگی جائیداد نہیں بننے پائی تھی۔ لیکن شیریں اور فرہاد دونوں ایرانی شاہان شاہ کی رعایا اور اس کی ملکیت تھے۔ یہ اور بات تھی کہ وہ شیریں کے جسم کا مالک تھا۔ اس کے دل کا مالک نہ بن سکا۔ لیکن اس نے سمدر دت کے برخلاف وعدہ پورا نہ ہونے دیا۔ "گرسنہ مزدور طرب گاہ رقیب" نے کم ظرفی سے اپنی جان دے دی۔ شیریں کا دل اور زیادہ ٹوٹ گیا۔ خسرو پرویز کو اس وعدہ شکنی اور کامل فتح کے بعد اتنی بھی مسرت اور اتنا بھی اطمینان نصیب نہ ہو سکا جتنا رومی صوبوں کی فتح کے بعد۔ اس نے ان ہزار باز نطینی کنواریوں سے معلوم نہیں کس طرح دل بہلایا اور دل بہلا ہی رہا تھا کہ اسکندرون کی خلیج پر ہر قلیس اعظم کی فوجیں اتریں۔

رومی شہنشاہ کے پیشرو نے شیریں اور ایک ہزار کنواریوں کو ایرانی کے سپرد کیا تھا۔ ہر قلیس نے ترک خان کو اپنی خوبصورت بیٹی بھینٹ چڑھانے کا وعدہ کیا۔ دست گرد کے

قلعہ میں اپنی بے شمار خواصوں اور عورتوں کو جن کی تعداد تین ہزار تھی، چھوڑ کر خسرو پرویز بھاگ نکلا اور پھر ایک تاریک برج میں اس کے ساتھ اس کے انسانیت ناشناس بیٹے نے وہی سلوک کیا جو اکثر تاریخ میں ہوتا آیا ہے۔ ہرقلیس ممکن ہے کہ ان ہزار رومی لڑکیوں کو چھڑا لایا ہو، جو اب کنواریاں نہ رہی تھیں۔ ممکن ہے جب باز لطینی شہنشاہ زیتون کی شاخوں اور بے شمار چراغوں میں گھرا ہوا قسطنطنیہ واپس ہوا تو اس کے جلوس میں ہزارہا ایرانی دوشیزائیں ہوں۔ ممکن ہے اس سلسلے میں ایران کے پڑوسی راج انگ پورہ کے تاجروں کی بہو بیٹیاں بھی ہوں اور اس طرح مدن سینا کی اولاد قسطنطنیہ پہنچی ہو۔

جب باز لطینی شہنشاہ ہرقلیس قسطنطنیہ میں ایران سے مصر و شام کے صوبوں کو واپس چھین لینے کی خوشیاں منا رہا تھا تو شام کے ایک گم نام گاؤں پر عرب کے ایک غیر معروف شہر مدینہ کے باشندوں سے اس کے فوجیوں کی کچھ جھڑپیں ہوئیں۔ اس واقعہ کو ہرقلیس نے اس وقت اتنی ہی اہمیت دی جتنی اس نے اور ایرانی شاہان شاہ نے عربی پیغمبر کی چٹھیوں کو دی تھی۔

لیکن بہت جلد ریگستان کی فوجیں مرو سے لے کر مصر تک چھا گئیں جو صوبے ہرقلیس نے ایرانیوں سے واپس چھینے تھے۔ عربوں نے فتح کر لیے۔ یہاں تک کہ حضرت ابو ایوب انصاری کے پرچم کو صرف یونانی آتش روک سکی اور یونانی آتش کے زیر سایہ مدن سینا کی اولاد قسطنطنیہ میں پروان چڑھی اور یہاں سے بہ سلسلہ تجارت بڑھتی ہوئی مغربی یورپ تک پہنچی۔ جنوبی فرانس میں اس نے مانی کے اثرات کو باقی رکھا۔ لاطینی مصنفوں سے اس کا حال بوکاچیو اور چاسر نے سنا۔

لیکن جس طرح ویتال نے مہاراج تری وی کرم سینا سے پوچھا تھا میں آپ سے پوچھتا ہوں، "سب سے زیادہ کم ظرف کون تھا؟ خسرو پرویز؟ یا شیریں؟ یا فرہاد؟"

چاسر کے فرینکلین یعنی چودھویں صدی عیسوی کے اس زمیندار نے جو غلام تو نہ تھا مگر عالی خاندان اور شریف النسل بھی نہ ہوتا تھا۔ کچھ اس قسم کا قصہ بیان کیا۔

آرموریکا میں جس کو بری ٹینی بھی کہتے ہیں۔ مدن سینا کی اولاد میں ایک خاتون تھی جس کا نام ڈوری گن تھا۔ اسی ملک میں ایک نائٹ بھی تھا ملک کے شریف ترین طبقے کا نمائندہ۔ اس کا نام آردے راگس تھا۔ اسے اس خاتون سے عشق تھا اور وہ بے حد زحمت اٹھاتا اور کوشاں رہتا کہ بہترین طریقے پر اس خاتون کی خدمت کر سکے۔ اپنی خاتون کو خوش کرنے کے لیے اس نے بڑے بڑے کارہائے نمایاں سرانجام دیے، بڑی بڑی مہمیں سر کیں۔ تب کہیں جا کر وہ ڈوری گن کو جیت سکا۔ اس کی قابلیت و شہامت کو اس خاتون نے اپنے شایان شان پایا۔ خاص طور پر اس کے عجز اور اس کی تابعداری کی وجہ سے اس کی خدمت اور اس کی درخواست پر اس نے ایسا ترحم کا جذبہ محسوس کیا کہ اس نے اسے اپنا شوہر یا اپنا آقا بنایا۔ آردے راگس نے خود اپنی مرضی سے یہ قسم کھائی کہ وہ ایک نائٹ کی طرح اپنی خاتون کی خواہش کے خلاف کبھی اپنا حکم چلانے کی کوشش نہ کرے گا۔ کبھی رشک و حسد کا اظہار نہ کرے گا، ہمیشہ اس کی اطاعت کرے گا۔ ہر بات میں اس کی مرضی کا پابند رہے گا۔ بالکل اسی طرح جیسے کوئی عاشق اپنی معشوقہ کی مرضی کا پابند ہوتا ہے۔

ڈوری گن نے بڑے انکسار سے اس کا شکریہ ادا کیا، "جناب جس طرح مجھے آپ نے اپنی مردانہ شرافت سے اس قدر حکومت بخشی ہے۔ اسی طرح میں بھی اس کا وعدہ کرتی ہوں کہ آپ کی خادمہ اور سچی بیوی رہوں گی۔ اس کا میں آپ سے پکا وعدہ کرتی ہوں۔"

دوست اور عشاق ایک دوسرے کی تابعداری کرتے ہیں۔ محبت ایک فریق کے استبداد اور دوسرے کی غلامی کو برداشت نہیں کر سکتی۔ جب استبداد آتا ہے تو عشق کا

دیوتا اپنے پر پھڑپھڑاتا ہے اور یہ جا، وہ جا، رخصت۔ ہر چیز کی طرح محبت کی روح بھی آزاد ہے۔ فطرتاً عورتیں بھی غلامی نہیں، آزادی چاہتی ہیں۔(اقبال نے زمرد کے گلوبند کی ایک ہی کہی۔)اور مرد بھی۔

یہ معاہدہ سیدھا سادہ مگر کتنا عاقلانہ تھا۔ خاتون کو اپنا شوہر کیا ملا بیک وقت آقا بھی ملا اور خادم بھی۔ محبت میں غلام اور ازدواج میں آقا۔ نائٹ کو آقائی بھی ملی اور خدمت بھی۔ خدمت؟ نہیں اس سے زیادہ تو آقائی ہی کیونکہ اسے بیوی بھی ملی اور محبوبہ بھی۔

کارہائے نمایاں سرانجام دینا ہر نائٹ کا فرض تھا۔ اس فرض کو انجام دینے آردے راگس انگلستان کے جزیرے میں گیا جسے برطانیہ بھی کہتے ہیں۔ کتاب کہتی ہے کہ یہاں اسے دو سال لگ گئے۔ اس درمیان میں اس کی بیوی ڈوری گن اسے اپنے دل کی زندگی کی طرح چاہتی رہی۔ اس کے فراق میں روتی اور آہیں بھرتی، تڑپتی، راتوں کو جاگتی، نالہ و زاری کرتی، فاقے کھینچتی ہے۔

آردے راگس کے خط کبھی کبھی آتے۔ کبھی وہ برطینی کے ساحل پر کھڑی ہو کے اس کے جہاز کا انتظار کرتی اور چٹانوں کو دیکھ دیکھ کر ہول کھاتی۔ اس ڈر سے دعائیں مانگتی کہ کہیں اس کے شوہر، اس کے محبوب کا جہاز بھی ان چٹانوں سے ٹکرا کے پاش پاش نہ ہو جائے۔ خدایا تو دیکھتا ہی ہے کہ کتنے انسانوں کو یہ چٹانیں غارت کرتی ہیں لاکھوں انسانوں کی جانیں ان چٹانوں نے چھینی ہیں کیا تیرے انسانوں کا یہ حشر ہونا ضروری ہے جو تیری صنعتوں میں تیرے شاہکار سمجھے جاتے ہیں جنہیں تو نے اپنی شبیہ کے مطابق بنایا ہے۔

بہت کم وہ خوش ہوتی یا ہنستی بولتی۔ مگر مئی کی چھ تاریخ کو اپنی سہیلیوں کے جبر کرنے سے وہ ایک ناچ میں گئی۔ اس ناچ میں ڈوری گن کے ساتھ ایک اسکوائر ناچ رہا تھا۔ اسکوائر یعنی قرون وسطیٰ کا بڑا زمیندار، لیکن کسی نائٹ کا محض ہمراہی یا اردلی اور اس کی خاتون کی

متابعت کرنے والا یا ہم رکاب یا ملتفت۔ تازگی اور آہستگی میں شمالی یورپ کے مئی کے مہینہ کا جیسا۔ اس کا نام آرے لیس تھا۔ ناچنے اور گیت گانے میں عدیم المثال تھا۔ نوجوان تھا، مضبوط تھا، صالح تھا، امیر تھا اور عقلمند تھا۔ لوگ اسے پسند کرتے تھے اور اس کی قدر کرتے۔ اس زندہ دل اسکوائر کو دنیا میں سب سے زیادہ ڈوری گن سے محبت تھی۔ اس حال میں اسے دو سال سے زیادہ ہو گئے تھے لیکن اس نے اپنا درد دل کسی سے نہ کہا تھا۔ ناامیدی اس پر غالب تھی۔ زبان سے کچھ کہہ نہیں سکتا تھا۔ صرف اپنے گیتوں میں وہ اپنے دل کا دکھ کچھ نہ کچھ نچوڑ لیتا۔ عام انداز میں واسوخت لکھتا۔ یہ بتاتا کہ وہ عشق میں گرفتار ہے اور کوئی اسے نہیں چاہتا۔ گیتیں، نغمے، نظمیں، واسوختیں لکھتا اور بتاتا کہ وہ اپنے غم کا اظہار نہیں کر سکتا مگر وہ اس طرح عذاب بھگت رہا ہے جیسے دوزخ میں کوئی خبیث روح، صدائے بازگشت کی طرح اس کی قسمت میں بھی موت لکھی ہے۔

لیکن اس ناچ کے موقعہ پر اس نے ہمت کر کے ڈوری گن سے حال دل کہا، "میں جانتا ہوں کہ میری ساری خدمت بیکار ہے۔ میرا دل پارہ پارہ ہو رہا ہے۔ خاتون میرے رنج اور درد پر رحم کیجیے۔ کیونکہ آپ کا ایک لفظ مجھے جلا یا مار سکتا ہے۔"

وہ آرے لیس کی طرف دیکھنے لگی۔ "اس سے پہلے میں نہیں سمجھ سکی تھی کہ تمہارا مطلب کیا ہے لیکن آرے لیس اب میں تمہاری خواہش کو سمجھ گئی۔ اس خدا کی قسم جس نے مجھے روح اور جان دی کہ کسی اور کی بیوی ہوتے ہوئے میں بیوفائی نہیں کر سکتی۔" پھر اس نے مذاق میں کہا، "آرے لیس، اس خدائے بلند و برتر کی قسم جو اوپر ہے چونکہ میں دیکھتی ہوں کہ تم اس قدر گڑگڑا کر التجا کر رہے ہو۔ اس لیے سنو کہ اسی دن میں تمہاری معشوقہ بنوں گی جس دن بری طینی کے ساحل کی یہ دیو ہیکل چٹانیں جن سے ٹکرا ٹکرا کے جہاز اور کشتیاں پاش پاش ہو جاتے ہیں، ساحل سے ہٹ جائیں گی۔ ایک ایک پتھر ہٹ

جائے گا۔ اس دن میں وعدہ کرتی ہوں میں تمہاری معشوقہ بنوں گی۔"

اس سے زیادہ ناممکن اور کیا چیز ہو سکتی۔ فرہاد کو پہاڑ کاٹنے کی جو شرط پیش کی گئی تھی۔ اسے انسان کی محنت پورا تو کر سکتی تھی۔ وہی شرط یہاں پھر دہرائی گئی لیکن وہ اگر کٹھن تھی تو یہ ناممکن۔

آرے لیس اپنے گھر واپس گیا۔ اسے یقین آگیا کہ اب موت سے بچنا مشکل ہے۔ اپنے دل کو اس نے سرد ہوتے ہوئے محسوس کیا۔ سورج کے دیوتا سے اس نے گڑگڑا گڑگڑا کر دعا مانگی کہ کسی معجزے کے ذریعے یہ چٹانیں ہٹ جائیں۔ دعائیں پوری نہ ہوئیں اور ڈوری گن کا شوہر گھر واپس آگیا۔ اپنے نوجوان اور شریف و باعزت نائٹ کو دوبارہ پا کے وہ پھولے نہ سماتی تھی۔

جادو اور طلسمات، انسان عاقل کی عقل سے زیادہ پرانے، پہلے شاید مشرق میں چل سکے، پھر مغرب میں کچھ ایسے مقبول ہوئے کہ جون آف آرک کی جان اس الزام میں گئی اور اس الزام میں اٹھارویں صدی میں کیسانووا کو ایسی سخت قید بھگتنی پڑی کہ اس سے اس کا نکل بھاگنا، انسان کی قوت ارادی اور اس کے جذبہ آزادی کا معجزہ ہے۔ کسی لاطینی مصنف کے دماغ نے جو مشرقی داستانوں سے سرشار تھے۔ مدن سینا کے ڈاکو کو جو انگ پورہ کی ایک سڑک پر بڑ کے پیچھے چھپ کے راہ گیروں کو لوٹا کرتا تھا ایک جادوگر راہب بنا دیا۔ یہ راہب جو جادوگر بھی تھا اور فلسفی بھی آرے لیس اور اس کے بھائی کو مشرقی طلسمات کے تماشے دکھانے لگا، جیسے کٹھ پتلی کا کھیل۔ بازوں سے چھوٹے پرندوں کا شکار، شکاری کتوں سے ہرنوں کی ڈاروں کا شکار اور اس نے اپنی شعبدہ کاری سے آرے لیس کو ڈوری گن کے ساتھ خود اپنے آپ کو ناچتا دکھایا اور ایک ہزار پونڈ کے معاوضے میں اس نے بری طینی کی ساری چٹانیں غائب کرنے کا ذمہ لیا۔

اور قرونِ وسطیٰ میں جادو کا جو زور تھا، اس زور سے چٹانیں غائب ہو گئیں۔ اب موجیں نرم نرم خراماں خراماں پھیلتی پھیلتی بری طینی کے ساحل تک آ جاتیں۔ پہاڑوں سے سر نہ ٹکراتیں، چٹانوں سے پٹک کر جھاگ نہ اگلتیں۔

جادو نے وہی کام کر دکھایا جو فرہاد جیسے پتھر پھوڑنے والے کے تیشے نے کیا تھا۔

آرے لیس نے ڈوری گن کو اس کا وعدہ یاد دلایا۔ اپنے دردِ عشق کا ذکر کیا۔ اسے سمجھایا کہ اب بھی وہ اپنا وعدہ پورا نہ کرے تو وہ اس کی بے گناہ موت کی ذمہ دار ہوگی۔ اپنے باغ کو اس نے ملنے کا مقام تجویز کیا۔

وہ رخصت ہو گیا، تو وہ حیران کھڑی کی کھڑی رہ گئی۔ اس کے چہرے پر خون کے ایک قطرے کے آثار بھی نہ تھے۔ ایک دو روز روتی آہ وزاری کرتی رہی۔ اس طرح غش کھا کھا جاتی کہ دیکھنے والوں کو دکھ ہوتا۔ لیکن کسی سے اس نے کہا نہیں کہ اس کی حالت غیر کیوں ہے۔ کیونکہ اس کا شوہر دو تین دن کے لیے باہر گیا ہوا تھا۔ اکیلے میں وہ قسمت کا گلہ کرتی جس نے اس کے لیے یہ جال پھیلایا تھا، جس سے نکلنے کا موت یا بے عزتی کے سوا اور کوئی ذریعہ نہ تھا۔ پھر بھی وہ سمجھتی کہ جسم کی بے حرمتی سے تو موت ہی اچھی ہے۔ اس سے پہلے بھی تو شریف بیویوں اور کنواریوں نے اپنے جسم کو پامالی سے بچانے کے لیے اپنی جانیں لے لی ہیں۔

ایک دو روز وہ یہی سوچتی رہی یہاں تک کہ اس کا قابلِ عزت نائٹ آردے راگس گھر واپس آیا اور اسے زار زار روتے دیکھ کے اس کا سبب پوچھا، تو وہ اور پھوٹ پھوٹ کر رونے لگی۔ اس نے آرے لیس سے اپنی شرط کا ذکر کیا۔ جس کا پورا ہونا ناممکن تھا مگر جو پوری ہو گئی اور اپنے وعدے کا ذکر کیا۔

اس کے شوہر نے اپنے شہرے کو بشاش بنا کے دوستانہ الفاظ میں اسے سمجھایا، "کہ

قول پورا کرنے سے بڑھ کے انسان کا کوئی اور فرض نہیں۔" پھر وہ بھی بے اختیار رونے لگا اور اس نے کہا، "اور کسی سے اس واقعہ کا ذکر نہ کرنا تا کہ میں اس طرح اپنا رنج برداشت کر سکوں اور تم بھی اپنے شہرے سے تکدر ظاہر نہ ہونے دینا تا کہ لوگ اسکا سبب نہ تاڑ جائیں۔" پھر اس نے اپنے ایک اسکوائر اور ایک خادمہ کو حکم دیا کہ ڈوری گن کو فلاں مقام پر پہنچا آئیں۔

بازار ہی میں آرے لیس ملا اور ڈوری گن سے پوچھا کہ کہاں جا رہی ہے۔ اس نے جواب دیا، "افسوس، تمہارے باغ کو، جہاں تم نے بلایا تھا اور جہاں اپنا وعدہ پورا کرنے کے لیے جانے کا میرے شوہر نے حکم دیا ہے۔"

اس واقعہ پر آرے لیس کو سخت حیرت ہوئی اور اسے بڑا ترس آیا۔ اس پر بھی کیونکہ وہ اس طرح گریہ وزاری کر رہی تھی اور قابل عزت نائٹ آردے راگس پر بھی جس نے اسے اپنا وعدہ پورا کرنے کے لیے کہا تھا۔ تمام پہلوؤں پر غور کرنے کے بعد اس نے فیصلہ کیا کہ اپنی ہوس پر قائم رہنا بڑی کمینگی ہوگی۔ فیاضی اور شرافت کے خلاف بڑا سخت جرم ہوگا۔ اس لیے اس نے خاتون کو اس کا ہارا ہوا قول معاف کر دیا اور کہا، "اسکوائر۔۔۔ نائٹ کا اردلی بھی شرافت کا فرض اسی طرح بے جھجک ادا کر سکتا ہے، جیسے کوئی نائٹ۔"

جادوگر راہب کو اس نے پانچ سو پونڈ لے جا کے دیے اور باقی رقم کے لیے مہلت مانگی۔ جادوگر کے پوچھنے پر آرے لیس نے کہا کہ اس کی محبوبہ اس کے باغ تک آئی مگر اس کی نہ ہوئی۔ آردے راگس نے اپنی شرافت سے گوارا کر لیا کہ خواہ صدمہ اور کوفت سے اسے موت ہی کیوں نہ آئے وہ اپنی بیوی کو بدعہدی کا مرتکب نہیں ہونے دے گا اور جب اس نے خود ڈوری گن کو اس قدر مغموم دیکھا تو اس نے اسے بغیر چھوئے ہوئے

باغ سے واپس جانے کی اجازت دی۔

جادوگر راہب نے اسے ہزار پونڈ معاف کر دیے اور کہا، "ایک راہب بھی تم لوگوں کی طرح شرافت کے کام کر سکتا ہے۔"

چاسر کے فرینکلن نے ویتال کی طرح پوچھا، "آقاؤ قبل اس کے کہ ہم آگے بڑھیں بتاؤ ان میں سب سے زیادہ شریف اور فیاض کون تھا؟" اس قسم کے سوال قرون وسطیٰ میں اکثر پوچھے جاتے تھے اور سوالات عشق کہلاتے تھے۔

کلاس میں ایک لڑکی نے اٹھ کے پروفیسر کو جواب دیا، "میرے خیال میں ڈوری گن سب سے زیادہ فیاض تھی۔ وہ خودکشی کر سکتی تھی، لیکن اس طرح اس کا وعدہ پورا نہ ہوتا۔"

سب ہنسنے لگے۔

(۴)

جس شب رگھبیر پیلس میں ہسپانیہ کے مظلومین کی امداد کے لیے ناچ اور تفریحات کا جلسہ تھا، اس شام کو پانی زور سے برسا تھا۔ مالابار ہل کی سڑکیں ڈھلوانوں پر موٹر کے ٹائروں کو پھسلا پھسلا کے گویا نیچے گرا رہی تھیں۔ رگھبیر پیلس سے کوئی ایک فرلانگ ادھر ادھر موٹروں کا ایسا ہجوم تھا کہ راستہ ملنا ہی مشکل تھا۔ مجبوراً سر سمدر نے اپنے شوفر سے کہا، "اگر گاڑی آگے نہیں بڑھ سکتی تو ہم یہیں اتر جاتے ہیں، کیوں ڈارلنگ۔"

جواں سال لیڈی سمدر رائے نے بے بسی سے اپنی سفید ساڑھی اور اس کے کامدانی کام اور نفیس بنارسی بورڈر کی طرف دیکھا۔ یہاں سے رگھبیر پیلس تک فرلانگ بھر کا فاصلہ طے کرنے میں سر سمدر کے شارک اسکن کے جاکٹ پر اگر کوئی دھبہ آجائے تو کوئی خیال بھی نہ کرے گا، لیکن اس ساری پر سوئی کی نوک کے برابر بھی کوئی داغ لگ جائے تو اس

کی شام کرکری ہو جائے گی۔

"میں سمجھتی ہوں اترنا ہی پڑے گا۔ اس طرح تو گھنٹہ بھر سے پہلے راستہ نہیں ملے گا۔"

ڈرائیور نے بڑی مشکل سے اس قدر دروازہ کھولنے میں کامیابی حاصل کی کہ چندرا۔۔۔ یہ لیڈی سمدر کا نام تھا، بمشکل اپنی ساری کو اپنے جسم سے لپٹا کے اتر سکی اور پھر موٹروں کی بھیڑ میں آدمیوں اور مڈ گارڈوں سے دامن بچاتی ہوئی اپنے شوہر کے ساتھ وہ رگھبیر پیلس کے پورٹیکو تک پہنچنے میں کامیاب ہوگئی۔ پورٹیکو ہی میں مسز سنگھ کھڑی تھی۔

وہ مسکرا کے ان دونوں کی طرف بڑھی۔ "شام بخیر چندرا، آپ اچھے تو ہیں سر سمدر۔ آپ کو کہاں اترنا پڑا۔۔۔ ایک فرلانگ۔۔۔ ہاہا۔" اس کا موٹا جسم سر کے مصنوعی گھنگھریالے بال، نچلا چوڑا ہونٹ اور اورنگ آبادی ہمرو کا کوٹ سب اسی ہنسی میں لہرائے۔ "چندرا ڈارلنگ وشواش نگر کے تینوں راجکمار اس میز پر ہیں۔ تینوں مہابیر، رگھبیر اور رگھوبر۔ تینوں تم سے ملنا چاہتے ہیں۔ خصوصاً رگھوبیر۔ اوہ ڈارلنگ جب سے اس نے تمہاری تصویر "آون لوکر" میں دیکھی ہے۔ وہی جو ڈنکن نے کھینچی تھی، تب سے تمہارے متعلق بحران میں مبتلا ہے۔ قطعی طور پر بحران میں۔۔۔ اور آج تم بالکل جادو کرتی ہوئی معلوم ہوتی ہو۔ ساحرہ سی، کیوں سر سمدر، ڈارلنگ مجھ پر فرض ہے کہ تمہیں ان سب سے ملاؤں۔ اس طرف سر سمدر۔۔۔"

سر نوشیرواں افراسیاب سے باتیں کرتے مڑ کر سر سمدر نے مسز سنگھ سے کہا، "ابھی ایک منٹ میں مسز سنگھ۔ آپ لوگ جائیں میں ابھی وہاں آتا ہوں۔"

سر نوشیرواں نے ایک نوجوان یوروپین عورت کو دیکھ کر سلام کے لیے سر خم کیا۔ اس کے ساتھ ایک گہرے سانولے رنگ کا ہندوستانی نوجوان تھا۔

"کون ہیں؟" سر سمدر نے پوچھا۔

"مسٹر اور مسز وحید امجد۔" سر نوشیرواں نے اس گزرتے ہوئے جوڑے کا غائبانہ تعارف کراتے ہوئے کہا، "یہ عورت آسٹرین ہے۔ کئی رجواڑوں میں پیانو بجانے کی تعلیم دے چکی ہے۔ اپنے شوہر کی تقدیر اس کی بنائی ہوئی ہے۔ اس کا تشہیر و اشتہار کا کاروبار ہے اور اب یہ حالت ہے کہ میرین ڈائیو میں دو سو روپے کے فلیٹ میں رہتا ہے۔ شادی سے پہلے مجھ سے ڈیڑھ سو کی نوکری مانگنے آیا تھا، لیکن سمدر، کچھ پیو گے نہیں۔" اس نے سمدر کا بازو پکڑ کے کہا، "آج دو بار ہیں۔ ایک اوپر اور ایک قطب شمالی والے کمرے میں اور یہ قطب شمالی وغیرہ کمرہ دیکھنے کے قابل ہے، چلو۔"

اس برآمدے کے بعد ایک اور بڑا نیم برآمدہ تھا، جس میں کین میک کا ناچ آرکسٹرا ٹانگو بجا رہا تھا اور کوئی چار سو جوڑے ناچ رہے تھے۔ روشنی اور ہسپانوی موسیقی کے سیلاب میں طرح طرح کے ہندوستانی اور یورپی زنانے لباس کالے یا نیم سفید پوش مردوں کے ساتھ گھوم رہے تھے۔ گویا روشنی موسیقی کی صوتی حرکت اور انسانی جسم اور جنسوں کی کشش کی حرکت سب ایک زندگی کی مرکب حرکت میں ضم ہو رہی تھیں۔ میزوں کے درمیان سے جان پہچان والوں کو سر کے اشارے یا تبسم سے سلام کرتے یا جواب دیتے، کسی کسی میز پر ایک آدھ منٹ کے لیے ٹھہر کر کوئی بات کرتے ہوئے وہ بائیں طرف کے دروازے میں مڑے اور اس مشہور "قطب شمالی" والے کمرے میں پہنچے۔ جہاں ایئر کنڈیشنگ کے ذریعہ اس قدر سردی کا انتظام کیا گیا تھا کہ رقص کے سانسوں اور موسیقی سے گرم کمرے سے نکل کے یہاں داخل ہونے پر یقیناً سردی معلوم ہوتی تھی۔ کمرے کی دیواروں پر اور دیواروں کے ساتھ ساتھ اور فرش پر روئی کے گالوں اور سفید کاغذ کی کترن سے برف کی طرح کی شکلیں تھیں، برفانی پہاڑ، برفانی ٹیلے جما ہوا برف۔

برف کے جزیرے ایک طرف ایک وہیل نما صوفہ تھا۔ ایک طرف قطب شمالی کے ریچھ کی شکل کی ایک کرسی تھی۔ ایک اسکیمو خیمے کے نیچے شراب کی بوتلیں اور گلاس، طرح طرح کے مرکبات، طرح طرح کے نام تھے اور دو انگریز لڑکیاں اسکیمو کپڑے پہنے ساقی گری کر رہی تھیں۔ "جون، میرے لیے ایک گملٹ اور تم سمدر؟"

"گملٹ" سر سمدر نے اختصار سے جواب دیا، "شکریہ۔"

کھلے ہوئے دروازے سے سر سمدر نے راجکماری کی میز کی طرف دیکھا۔ تین نیم ڈراویدی راجکمار۔ تینوں کا رنگ کالا سا، بال گھنگھریالے، تینوں ٹیل کوٹ پہنے۔ تینوں انگلستان کے پبلک اسکولوں کے پڑھے ہوئے۔ لیٹن اور ہیرو اور پھر آکسفورڈ، ساتھ ہی ایک امریکن لکھ پتی، ہندوستان میں ایک امریکی موٹر کمپنی کا جنرل ڈائریکٹر اور ہوائی فوج کا ایک انگریز گروپ کیپٹن۔ بیڑے کا ایک کوموڈور اور کئی انگریز، پارسی، مسلمان، ہندو میز پر وہسکی، سوڈے، برانڈی، جن، کاک ٹیل اور گملٹ کے گلاسوں کی شفاف چمک اور اس ہجوم میں کوموڈور کی سفید وردی کو اس نے اٹھتے دیکھا۔ میز کے دوسرے کنارے سے اس کی اپنی بیوی چندرا ہنستی ہوئی اٹھی پھر وہ رقص کرنے والوں کے ہجوم میں رقص کے سیلاب میں غائب ہو گئے اور سر سمدر نے اپنا گملٹ ختم کیا۔ محسوس کیا کہ اس کے ادھیڑ اعصاب کو اس سے زیادہ تیز چیز کی ضرورت ہے۔ جون کی طرف مسکرا کر اس نے کہا، "مس بریڈلے، ڈبل جن پلیز۔" جون نے پیسے لے کے ڈبل جن کا گلاس اسے اور وہسکی سوڈا کا گلاس سر نوشیرواں کو دیا۔ قطب شمالی والے کمرے میں اس سے چند قدم کے فاصلے پر وہیل نما صوفے پر مہاراجہ وشواش نگر شارک اسکن کا جیکٹ پہنے، بڑے انداز سے کاک ٹیل کا گلاس گھما گھما کر خورشید مقدس جی سے باتیں کر رہے تھے۔ بوہرہ تاجر جو اپنے سسر کے سٹے کے روپیہ کی وجہ سے اب لکھ پتی بن گیا تھا، خان بہادر بن ہی چکا تھا اور

ابھی سے راجوں اور مہاراجوں سے اس طرح کندھے سے کندھا بھڑا کے ملنے کی کوشش کرتا تھا گویا وہ اس کے ساتھ کے کھیلے ہوئے ہیں۔ ریس کورس پر پانی کی طرح روپیہ خرچ کرتا۔ اس کا اپنا اصطبل مہاراجہ مانڈو کے اصطبل سے کچھ کم نہیں تھا اور اس کا گھوڑا ذوالفقار دو سال سے برابر عرب ڈرابی جیت رہا تھا۔

سر نوشیرواں نے رازدارانہ انداز میں سر سمدر سے کہا، "اس نو دو لیتے کو دیکھو۔"

"ہوں۔"

کھلے ہوئے دروازے سے پھر بوڑھے کو موڈور کی آغوش میں ادھیڑ سر سمدر نے اپنی جوان بیوی کا جیتا جاگتا مسکراتا جسم دیکھا۔ موسیقی ختم ہوئی، دوبارہ شروع ہوئی۔ اب راجکمار رگھوبیر کے ساتھ اس کی بیوی ناچنے کو اٹھی۔ ٹم تم ٹن ٹن۔ من۔ من۔ ایک۔ دو تین۔ چار۔ ایک دو۔ تین۔ چار "قطب شمالی والے کمرے کے مصنوعی برفانی فرش پر سر سمدر کے پاؤں وقت کا اندازہ کرنے لگے۔ بینڈ نے ایک جھرجھری لی، ہنسی، قہقہوں، ہم آغوش جسموں کی گفتگو کی رفتار، جن کے گلاس میں سما گئی۔ ایک انگریز لڑکی آلہ بکرالصوت کے پاس کھڑی ہو کے ہسپانوی انداز میں، انگریزی لہجے کے ساتھ ایک فرانسیسی "پونما" گانے لگی، "رافائے لی جو۔" اور "جو" کالو معلوم ہوتا تھا قیامت کی خبر لائے گا۔

رگھوبیر کے جسم سے لپٹی ہوئی، آنکھوں سے آنکھیں بندھی ہوئیں، لیکن ٹانگیں۔۔۔ محرک اور جسم کے سارے پہچان سے بے پروا اور بے تعلق ٹانگیں۔۔۔ مشین کی طرح، کوچ کرتی ہوئی فوجوں کی طرح، موسیقی کی پابندی کرتی ہوئی ٹانگیں الجھے بغیر ذرا سی بھی غلطی کیے بغیر برابر رقص کر رہی تھیں۔ سر سمدر نے جلدی سے جن کا گلاس ختم کیا۔ مسکرا کے جون کا شکریہ ادا کیا اور سر نوشیرواں سے پوچھا، "اوپر بھی ناچ ہو

رہاہے۔"

"ہاں، مگر وہاں ذرا دوسرے درجے کے لوگ ہیں۔"

"تو بہت ہی دلچسپ ہو گا۔" سر سمدر نے کہا اور اس نے محسوس کیا کہ اگر وہ یہیں نیچے کے رقص کے کمرے میں ناچے گا تو اس کی بیوی کی آزادی میں خلل پڑے گا اور وہ پورا لطف نہ اٹھاسکے گی۔

"وہ سر نوشیرواں افراسیاب کو وہیں چھوڑ کے اپنی سیاہ پتلون کی جیب میں ایک ہاتھ ڈالے مسکراتا ہوا باہر نکلا۔ اس کی بیوی چندرار گھوبیر کے جسم سے ذرا انچ بھر دور ہٹ کے اس کی طرف دیکھ کے مسکرائی۔ اس نے بھی مسکرا کے اس کی مسکراہٹ کا جواب دیا۔ پھر باہر کے برآمدے کی بھیڑ سے ہوتا ہوا چوڑے چوبی زینے پر سیٹی بجاتا ہوا چڑھنے لگا۔

"دوسرے درجے" کے کچھ لوگ نیچے اتر رہے تھے۔ اس "دوسرے درجے میں مہاراجاؤں، اعلیٰ ترین حکام اور لکھ پتی کارخانوں کے مالکوں کے سوا سب ہی شامل تھے۔ جونیئر آئی۔ سی۔ ایس، چھوٹے کارخانوں کے مالک، بڑے تاجر، فلم کمپنیوں کے ڈائریکٹر اور ہندوستانی پردہ سیمیں کے درخشاں ستارے، مہاراجاؤں کے کنٹرولر اور اے۔ ڈی۔ سی۔ میجر اور ان سے کم درجے کے فوجی افسر۔

اوپر کا ناچ ہال بہت بڑا تھا اور کوئی ایک ہزار کے قریب لوگ اس کے بے شمار ستونوں کے درمیان ناچ رہے تھے۔ چاروں طرف برآمدوں میں میزیں کھچا کھچ بھرتی ہوئی تھیں اور سر سمدر واپس جانے کا ارادہ کر ہی رہا تھا کہ مہاراجہ مانسرور کے ایک اے ڈی سی نے سیڑھیاں چڑھتے چڑھتے اسے دیکھ لیا۔ "ہلو سر سمدر۔"

"اوہ، گڈ ایوننگ۔" سر سمدر نے جواب دیا۔ وہ اکثر مہاراجہ مان سرور کی پارٹیوں میں بلایا جاچکا تھا۔ "یہاں اوپر تو تل رکھنے کی جگہ نہیں ہے۔"

"سرسمدر! اگر آپ جگہ تلاش کر رہے ہیں تو ہماری میز پر چلیے۔"

"ضرور شکریہ۔"

اس اے ڈی سی کا نام آفریدی تھا۔ میز پر بمبئی کے ایک مشہور تاجر کا بیٹا اکرام بھائی دو لڑکیوں کے ساتھ بیٹھا تھا۔ آفریدی نے سرسمدر کا اس سے اور دونوں لڑکیوں سے تعارف کرایا۔ ایک لڑکی کا نام اس نے چھایا دیوی بتایا۔ یہ اینگلو انڈین تھی، لیکن بڑی ہی فیشن ایبل ساڑھی پہنے۔ ایک زمانے میں فلمستان کی مشہور پری وہ چکی تھی۔ یہ اس زمانے کا ذکر ہے جب ہندوستانی فلموں کی پریاں بالعموم اینگلو انڈین ہی ہوتی تھیں اور بولتے فلم کا شمار نوادرات میں ہوتا تھا۔ پھر ان ستاروں پر زوال آیا، بہت کم باقی رہیں۔ زیادہ تر ادھر ادھر نکل گئیں۔ چھایا نے بھی اودھ کے ایک تعلقدار صاحب سے شادی کی۔ وہ پی کے اسے خوب ٹھوکتا تھا۔ تین چار سال بعد یہ طلاق لے کے اٹھ کھڑی ہوئی اور اب "غیر وابستگی" کے عالم میں بمبئی میں مقیم تھی۔ دوسری لڑکی شیریں پارسی تھی۔ موٹی، بھدی، پست قد اور بے ہنگم چہرے پر چوتھائی انچ غازے کی تہ جمی تھی۔ بالائی لب کے روئیں جو اس غازے کے بغیر شاید اچھی خاصی مونچھیں معلوم ہوتے، اب بھی غازے کی اس دبیز تہہ سے بغاوت پر آمادہ تھے۔

آفریدی نے سب کے لیے وہسکی اور سوڈا منگوایا۔ سرسمدر نے چھایا سے ناچنے کی فرمائش کی۔ یہ وی آنا کا والٹس تھا۔ ہلکا، شیریں، تیز۔ اس نے اپنے سینے کے مقابل چھایا کا نوجوان جسم محسوس کیا۔ بھر بھر بازو اور شانے، ابھی تک سخت۔ بال رنگے ہوئے مگر گھنے اور گردن اور شانوں اور پشت کو حسین سے حسین تر بناتے ہوئے، جسم گداز اور گٹھا ہوا ہونٹ سرخ، آنکھیں چمکتی ہوئی اور بناتی ہوئی۔

"آپ بہت اچھا ناچتے ہیں گر سمدر۔" چھایا نے اس سے کہا اور اس کے دانتوں اور

اس کی پلکوں نے مل کے جال پھینکا۔

"نہیں مجھے تو ناچنا کچھ یوں ہی سا آتا ہے۔ لیکن آپ بہت اچھا ناچتی ہیں، جیسے کوئی پری ناچے۔" اس کلمہ تحسین پر وہ ہنسی، اس کا پورا جسم ہلا اور ہلتے ہی سینوں سے لے کر رانوں تک اس کے چمٹے ہوئے گداز جسم کے تمام عضلات میں ہنسی اور گدگداہٹ کی سی جنبش ہوئی۔ اس جنبش نے سر سمدر کے ادھیڑ جسم سے ٹکر کھائی۔ "آپ بہت خوبصورت ہیں۔ غیر معمولی۔۔۔ جیسے گریٹا گاربو۔"

"اوہو" اس نے کلے پھلا کے اور پھر ہنس کے کہا، "یہ تو تعریف نہیں ہوئی سر سمدر۔ گریٹا گاربو تو ہرگز خوبصورت نہیں۔"

"پھر آپ کسے خوبصورت سمجھتی ہیں؟"

"جون کرافرڈ۔ میرے خیال میں جون کرافرڈ بہت خوبصورت ہے۔"

"چھایا دیوی آپ اس سے کہیں خوبصورت ہیں۔ آپ میں بڑی کشش، بڑی غیر معمولی دلفریبی ہے۔ بالکل کسی راجکماری کی سی۔"

وہ پھر ہنسی، پھر جسم کی ایک ایک رگ، ایک ایک عضو ہنسا، پھر اس کی بوٹی بوٹی نے سر سمدر کو چھیڑا۔ "دیکھیے سر سمدر آپ نے پھر غلطی کی۔ راجکماریوں سے زیادہ تو ان کی ساریاں خوبصورت ہوتی ہیں۔"

"آپ کا ذہن ایسا ہی تیز ہے جتنی آپ کی صورت دلکش ہے۔ چھایا دیوی آپ نے فلم کی زندگی ناحق چھوڑی۔ مجھے یقین ہے اب بھی آپ واپس جائیں تو بمبئی میں تو کوئی ایکٹرس آپ کا مقابلہ نہیں کر سکتی۔"

"وہ دن گزر چکے،" چھایا نے کہا، "اب اس مارکیٹ میں میری ساکھ نہیں رہی۔ ہاں اگر مجھے کسی بڑے آدمی کی مدد مل سکے تو شاید۔۔۔" اور اس کی بھوری آنکھوں نے

سر سمدر کی آنکھوں کو چھیدنے کی پوری کوشش کی، اس کا جسم رقص کے آخری گھماؤ میں سر سمدر کے جسم سے اس قدر قریب آ گیا کہ اس قربت کی تیزی نے وی آنا کے والٹس کے آخری گھماؤ کو دس درجہ اور زیادہ تیز کر دیا۔

میز کی طرف واپس آتے ہوئے اس نے کہا، "شکریہ چھایا دیوی۔۔۔ اس مسئلے کے متعلق پھر تفصیل سے بات چیت کریں گے۔ آپ دو ایک روز میں مجھ سے آفس میں ملیں۔ مجھ سے جو ہو سکے گا۔۔۔ بمبئی کی تمام فلم ایکٹرسوں میں آپ۔۔۔"

شیریں اکرام بھائی کی گود میں بیٹھی تھی۔ سر سمدر نے ویٹر سے اور وہسکی اور سوڈا اور خواتین کے لیے کاک ٹیل لانے کو کہا۔ آفریدی نیچے مہاراجہ کے پاس گیا تھا۔

شیریں نے اکرام بھائی کے کالر کو چھیڑتے ہوئے پوچھا، "اس سیاہ پردے کے پیچھے کیا ہے۔" اور اس نے دور ایک پردے کی طرف اشارہ کیا۔

سر سمدر نے جواب دیا، "بڑا خراب بھیڑیا۔"

"اوہ،" شیریں نے مصنوعی طور پر سہم کے کہا۔

آفریدی آ گیا اور دوسرا ناچ لیمبتھ واک شروع ہوا۔ آفریدی نے چھایا اور اکرام بھائی نے شیریں کو سنبھالا۔ دونوں لڑکیوں نے سر سمدر نے معافی مانگی۔ اس نے بھی اجازت چاہی وہ خود متوسط طبقے کی اس صحبت سے سیر ہو چکا تھا۔ چوڑے چوبی زینے اتر کے پھر اس نے نیچے کی رقص گاہ کا قصد کیا راستے میں کوموڈور نشے میں دھت بحری فوج کے ایک اور افسر سے کاک ٹیل کا گلاس ہاتھ میں لیے کہہ رہا تھا، "میرے خیال میں لیڈی سمدر بہت آسانی ہے۔"

سر سمدر کو دیکھ کر اس کے ساتھی افسر نے کہا، "شش شش ش۔"

نشے میں جھوم کر کوموڈور نے کہا، "شش ش ش۔" اور دونوں دوسری طرف مڑ

گئیے۔ رقص گاہ کے ایک ستون کے قریب اس کی بیوی رگھوبیر سے باتیں کر رہی تھی۔ لیکن اس کی آنکھیں ایک نوجوان افسر کے چہرے پر جمی تھیں جو دور کھڑا ہوا اسی انگریز لڑکی سے باتیں کر رہا تھا جس نے کچھ دیر پہلے مائیکروفون پر فرانسیسی گیت گائے تھے۔ ایک ہندوستانی فوجی افسر چیکوسلاویکیہ کے سفارت خانے کے ایک افسر سے کہہ رہا تھا، "یہ ٹیکسی ناچنے والی (وہ لڑکیاں جو دس روپیہ چندہ داخل کرنے پر آپ کے ساتھ ایک ناچ ناچتی ہیں) یہ جو ادھر سیدھے ہاتھ کی طرف کھڑی ہے۔ مس اسکرین، ڈورا اسکرین، ذرا اس کا جسم تو دیکھیے۔ مکمل، اگر یہ تیر ہو جائے تو میں آج اس سے شادی کر لوں۔" سر سمدر نے اس لڑکی کی طرف دیکھا۔ اونچا قد دبیز جسم، سینے خوب ابھرے ہوئے، اینگلو انڈین۔ وہ مسکرایا اس نے اپنی بیوی کی طرف نگاہ ڈالی، وہ وہاں نہیں تھی۔ لیمبستھ واک۔ ناچنے والوں کے ہجوم میں اس نے اپنی بیوی کو دیکھا۔ ایک جھٹکے میں وہ رگھوبیر کے جسم پر آ گری، دونوں ہنسے اور چمٹ گئے اور پھر ناچنے لگے۔

"تیتری میرے ہاتھوں کی بنائی ہوئی ہے۔" وہ تلخی سے مسکرایا اور قطب شمالی والے کمرے کی طرف چلا۔ بوڑھا سر نوشیرواں افراسیاب اب بھی وہیں تھا اور وہسکی پر وہسکی چڑھائے جا رہا تھا۔ "ہیلو سمدر! خوب لطف اٹھا رہے ہو؟"

ناچ ختم ہوا مائیکروفون پر کسی نے اعلان سنایا، "ہسپانیہ کے مظلوم پناہ گیروں کی امداد کے لیے لندن کے لارڈ میئر نے جو چندہ جمع کرنا شروع کیا ہے۔ اس سلسلے میں ہم بمبئی سے بھی حتی الامکان مدد کر رہے ہیں۔ سب سے زیادہ مجھے ان رضاکار خواتین کا شکریہ ادا کرنا ہے جنہوں نے آج کے شو اور ناچ کو کامیاب بنانے کے لیے خاص طور پر محنت کی ہے۔ ان میں سب سے زیادہ تعریف کی مستحق مس ڈورا اسکرین ہیں۔ مس ڈورا اسکرین بارسلونا کی فتح کے وقت سپین میں موجود تھیں۔ انہوں نے وہاں کے حالات اپنی

آنکھوں سے دیکھے ہیں اس شولری کے جذبے کے تحت جو نوجوانی اور انسان پرستی ہی کا حصہ ہے مس ڈورا اسکرین کے ایک پیار کا نیلام ہو گا۔" یہ کہہ کے وہ ہنسا۔ مجمع نے زور و شور سے تالیاں بجائیں۔ ہال میں مرد عورت سب ساتھ ساتھ کھچا کھچ بھر گئے۔ جو پیچھے تھے وہ اسٹولوں پر کھڑے ہو گئے۔ مس اسکرین ڈورا۔ سینے خوب ابھرے ہوئے، دبیز جسم، اونچا قد، ذرا اس کا جسم تو دیکھیے، مکمل، آرکسٹرا کے تخت پر مسکراتی کھڑی تھی، تبسم اور آنکھیں دونوں میں چمک تھی اور شاید شرم کی بھی ذرا سی جھلک ہو۔ پھر پیار کا نیلام ہوا۔ پچاس سے شروع۔ سو ہوا تو کپتانوں نے بولی بند کر دی۔ ہزار تک بڑے تاجر کارخانوں کے مالک بولیاں بولتے رہے۔ اس کے بعد صرف کروڑپتی اور مہاراجے باقی رہ گئے اور بالآخر مہاراج وشواش نگر نے چار ہزار چھ سو روپیہ میں مس ڈورا کا ایک بوسہ خریدا۔ وہ مونچھوں پر تاؤ دیتے آگے بڑھے اور بڑھائے گئے۔ ان کی گھنی خضاب لگی ہوئی مونچھوں نے ڈورا اسکرین کے لبوں کو ایک سیکنڈ کے دسویں حصے کے لیے چھوا اور پھر حسینہ نے ہنس کے اپنا منہ ہٹا لیا۔ مہاراجہ کے تینوں بیٹے مہابیر، رگھبیر اور رگھوبیر مجمع کے پیچھے آپس میں کچھ کہہ کے ہنسنے اور ٹہلنے لگے۔

اور سمدر سوچنے لگا، "کیوں؟ نیلام کیوں؟ کیا مہاراجہ یوں چار ہزار چھ سو روپے نہیں دے سکتے تھے یا نیلام ہی ہونا تھا تو کسی اور چیز کا کیوں نہیں ہوا۔ پکاسو کی کسی تصویر کا نیلام ہو سکتا تھا جو جمہوریت پسندوں کی طرف سے لڑ رہا تھا۔ یا کسی اور تصویر کا، کسی بلا کا نیلام ہو سکتا تھا۔ ایک عورت کے بوسے کا انعام کیوں؟ کیا وہ بھی تجارت کا مال ہے؟"

تجارت کے مال کا خیال آتے ہی سمدر کو اپنی بیوی چندرا کا خیال آیا۔ اپنی بنائی ہوئی تیتری کا، یہ پر پرزے اسی نے تو نکالے تھے۔ پروں کی جگہ ریشمی ساڑیاں سینکڑوں کی، ہزاروں کی ساڑیاں۔ پر نکل چکنے کے بعد اڑنے سے کون روک سکتا ہے۔ ادھر ادھر اس

نے اپنی بیوی کو ڈھونڈھا۔ قطب شمالی والے کمرہ کے دروازے پر سگریٹ کے دھوئیں میں اس کا چہرہ چھپا ہوا تھا۔

آہستہ سے چندرا کے پاس جا کے اس نے کہا، "ڈارلنگ اب گھر چلو گی۔" چندرا مسکرانے لگی۔ چھایا کی طرح اس کے دانتوں اور پلکوں نے مل کے جال بچھایا۔ "اب تو کہیں جا کے پارٹی پر لطف ہو رہی ہے اور آپ ابھی سے چلنے کو کہتے ہیں۔"

"تو پھر ڈارلنگ مجھے اجازت دو۔ صبح سویرے مجھے بورڈ آف ڈائریکٹرز کی ایک مجلس میں جانا ہے اور بھی بہت سے کام ہیں۔ راجکمار رگھبیر سے کہنا وہ تمہیں گھر چھوڑ دیں۔"

آخری جملے کے طنز پر چندرا کے لبوں نے ذرا پیچ و تاب کھایا۔ مگر فوراً ہی سنبھل کے وہ مسکرانے لگی اور اس کے ماتھے کی بندی کھل سی گئی۔ "شکریہ۔ ڈارلنگ،" اس نے اپنے شوہر سے کہا۔

ناچ تو شاید دو ڈھائی بجے ختم ہو گیا ہو گا مگر صبح کے پانچ بجے کے قریب وہ گھر آئی، رگھبیر ہی کی موٹر میں۔ گاڑی سے اترنے کے بعد رگھبیر نے چندرا کے ہاتھ کو ایک طویل بوسہ دیا، پھر سمدر کھڑکی سے ہٹ آیا اور سوتا بن کر مسہری پر لیٹ رہا۔ چندرا دبے پاؤں آئی، اس کی مسہری کے قریب۔ ایک لمحہ تک وہ سوچتی رہی کہ اپنے سوتے ہوئے شوہر کو پیار کرے یا نہیں؟ پھر اس کے چہرے پر تلخی کی سیاہی اور اس کے ہونٹوں پر ایک طنز آمیز کجی پیدا ہوئی اور وہ ساری کو فرش پر پھینک، اپنی مسہری پر لیٹ رہی۔

سات بجے سر سمدر اٹھے۔ ان کی تیتری مسہری پر غافل پڑی سو رہی تھی۔ اس کے پر توڑنا کس قدر آسان تھا؟ چاندی ہی کے تو تھے۔ چاندی کا دروازہ بند کر دو، تیتری اور اس کے پر دونوں غائب اور تیتری پھر کملا کیڑا بن جائے گی۔ ایک طلاق کے بعد دوسرا ملنے میں اتنی آسانی نہ ہو گی۔ مگر انہیں چندرا پر بڑا ترس آیا۔ ان کی بیوی مگر سن میں ان

کی بیٹی کے برابر اور وہ سوچنے لگے کہ ان کی بیٹی ہوتی تو کیا وہ اس کے پر نوچتے، کیا وہ اسے روتا دیکھ سکتے۔ اپنے وکیل کے پاس جانے کا ارادہ انہوں نے ملتوی کر دیا۔

کپڑے بدلتے ہوئے وہ سوچنے لگے، ہم سب میں زیادہ فیاض کون ہے۔۔۔ میں؟ جو مالک ہوں اور اپنی ملکیت پر جبر نہیں کرتا؟ یا ڈورا جس نے اپنا پیار بیچا؟ یا میری چندرا جس نے اپنے ریشمی آرام و آسائش کے لیے اپنے والدین کو اپنا جسم میرے ہاتھوں بیچ لینے دیا۔ وہ ہنسا، سماج کے اس کھنکتے ہوئے راج میں کون فیاض ہے؟ کون فیاض رہ سکتا ہے؟ یہاں تو ہر طرف لین دین ہی لین دین ہے۔ یہاں شکر و شکایت اور گلہ شکوہ کیا؟"

(۵)

رات کے ساڑھے سات بجے کے قریب صغیر اپنے چھوٹے سے فلیٹ کو واپس آیا۔ ماہم میں مچھلیوں کی بو یہاں تک آتی تھی۔ مگر شہر میں فلیٹ مہنگے تھے۔ دروازہ مقفل تھا، جس کے معنی یہ تھے کہ ناہید جہاں اس کی بیوی ابھی تک واپس نہیں آئی تھی۔ ابھی تک نہیں آئی تو کھانا کب پکے گا۔ قریب کے ایرانی ہوٹل کے کھانے کا نام سن کر اسے ابکائیاں آتی تھیں۔

ہندوستان میں اشتراکی دو قسم کے ہوتے ہیں۔ پہلی قسم میں وہ لوگ ہیں جن میں سے صرف چند کو " قلب او کافر، دماغش مومن است " کہا جا سکتا ہے۔ لیکن اس پہلی قسم کے زیادہ تر اشتراکی گورنمنٹ آف انڈیا یا صوبجاتی سرکاروں میں اچھے عہدوں پر فائز ہیں۔ ملک کے بہت سے ادیب، بہت سے شاعر، بہت سے اخبار نویس اسی قسم کے گنے جا سکتے ہیں۔ اگر وجہ جواز کی کمی تھی تو جون ۱۹۴۱ء سے وجہ جواز بھی مل گئی اور اب یہ ممکن ہو گیا کہ کوئی مالابار ہل بمبئی یا جوبلی ہل حیدرآباد یا مال لاہور یا کنگ ایڈورڈ روڈ نئی دہلی میں قیام کرے اور اشتراکی ہونے کا دعویٰ کرے۔ ان میں سے ممکن ہے۔ بعض ایسے

ہوں جنہیں اشتمالی تحریک سے تھوڑی بہت ذہنی ہمدردی ہو۔ مگر ایسا شاید ہی کوئی ہو جو وقت آنے پر اپنے فیشن ایبل پتے تک سے دست بردار ہونے کو تیار ہو۔ دوسری قسم کے اشتراک وہ ہیں جو برسوں جیل بھگت چکے ہیں۔ مزدوروں کے ساتھ رہ کے انہی کی خوراک کھا چکے ہیں۔ بیماریوں میں ایک خوراک دوا کے لیے ترس چکے ہیں۔ ایسے اشتراکیوں میں سے بہت سوں نے کبھی سرکاری یا کسی اور آرام دہ ملازمت کی کوشش نہیں کی۔ جب موقع آیا تو اس سے انکار کیا اور ۲۲ جون ۱۹۴۱ء کو اپنے لیے آرام طلبی یا جاہ وطلبی کا بہانہ نہیں بنایا۔

صغیر اور اس کی بیوی ناہید جہاں دونوں کا شمار اس دوسرے قسم کے اشتراکیوں میں تھا، وہ اگرچہ یوپی کا رہنے والا تھا۔ لیکن عرصے سے بمبئ میں سوت کے کارخانے کے مزدوروں کی تنظیم کرتا رہا تھا۔ اس کی قابلیت اور اس کی خوبی تحریر کو دیکھ کر اب دو تین سال ہوئے ایک مقامی قومی اخبار میں اسے ڈیڑھ سو روپیہ کی جگہ دی گئی تھی۔ جنگ کے زمانے میں اور وہ بھی بمبئ کی زندگی کے لیے ڈیڑھ سو روپیہ کیا ہوتے ہیں۔ لیکن اب وہ تنہائی اور ٹھوکروں کی زندگی سے تھک گیا تھا، بے زار نہیں ہوا تھا۔ وقت پڑے تو وہ اب بھی ایک ادنیٰ سپاہی کی طرح اپنی خدمات پیش کرنے کو تیار تھا، لیکن دو سال کی جیل، خراب غذا، دن رات بیمار۔ مزدوروں کی قربت کی وجہ سے وہ تھک ضرور گیا تھا۔ اس نوکری نے اسے دم لینے کی ذرا سی مہلت دی اور قدرت نے اسے ایک رفیق بھی عنایت کیا۔ یہ رفیق یا رفیقہ حیات اس کی بیوی ناہید جہاں تھی۔ اس نے ایک متوسط طبقے کے بورژوا خاندان سے بغاوت کی تھی۔ تعلیم مکمل کیے بغیر چل کھڑی ہوئی تھی۔ آل انڈیا نرسس ایسوسی ایشن کی سرپرستی میں اس نے نرسنگ کی تربیت البتہ حاصل کر لی تھی اور اس کے سوا اسے لکھنے کا سلیقہ تھا۔ اردو افسانے اچھے خاصے لکھ لیتی تھی اور رسالوں سے

کچھ نہ کچھ معاوضہ مل جاتا۔ افسانوں کے دو تین مجموعے بھی چھپ چکے تھے، جن سے یکمشت آمدنی ہو جاتی۔

صغیر سے ناہید جہاں کی ملاقات دہلی میں نئے ادیبوں کے ایک جلسے میں ہوئی۔ ناہید کا پہلا عاشق اس سے الگ ہو چکا تھا اور اس کی یادگار اس کا پہلا بچہ اس زندگی سے۔ اب وہ تیس سال کی تھی، لیکن اب بھی اس کے کندنی جسم پر زردی اور جھریاں کہیں پھٹکنے نہ پائی تھیں۔ ہندوستانی لڑکیوں کے چہروں کی بے رونقی کے دو اسباب ہوا کرتے ہیں۔ پہلے تو اس بے رونقی کا باعث تازہ اور صاف ہوا کی کمی تھی۔ بڑی حد تک یہ سبب اب بھی باقی ہے۔ لیکن ایک تھوڑی سی تعداد ایسی لڑکیوں کی بھی ہے، خصوصاً بڑے شہروں میں، جن کے نزدیک تازہ اور صاف ہوا کے استعمال کی واحد شکل یہ ہے کہ ان کا چہرہ طرح طرح کے غازوں، لوشنوں، کریموں سے تھوپا اور رنگا جائے تاکہ جب وہ ہوا کھانے نکلیں تو دائیں بائیں دونوں طرف چاہنے والوں کے جنازے نکل جائیں۔ جس پارٹی میں وہ جائیں وہاں آدھے نوجوان تو دیکھتے ہی بے ہوش ہو جائیں اور باقی آدھے جو بے ہوش نہ ہوں وہ سجدے میں گر پڑیں۔ ناہید نے پہلے سبب سے بغاوت کی تھی اور دوسرے سے احتیاط برتی تھی۔

صغیر کے چہرے پر البتہ زردی تھی۔ تھکن کی، زخمی سپاہی کے رخساروں کی زردی۔ زردی جو اس کے دبلے رخساروں سے ہو کر اس کی مونچھوں تک چلی گئی تھی۔ اس دبلے لانبے چہرے پر مونچھیں کتنی دلچسپ معلوم ہوتی تھیں۔ دلچسپ لیکن مضحکہ خیز نہیں۔ کیونکہ صغیر کی آنکھیں اگرچہ اندر دھنس گئی تھیں۔ ان میں اب بھی کشش تھی۔ اب بھی ایک طرح کی جاذبیت تھی۔ اس کے دبلے لانبے چہرے کے خدوخال میں اب بھی تناسب تھا۔ اس کا سینہ بھی اندر کو دھنس رہا تھا مگر ناہید جانتی تھی اس کا علاج کتنا آسان

ہے۔ حیا تین الف اور د اور سینہ کی مچھلیاں پھر ابھر آئیں گی۔ اسے خود اپنی تیس سال کی عمر کا احساس تھا۔ اسے بھی رفاقت کی ضرورت تھی اور چند ملاقاتوں کے بعد، چند روز ساتھ پھرنے کے بعد اس نے صغیر کے لیے ایک طرح کی محبت محسوس کی، ایسی محبت جو والہانہ عشق کے مقابل انس سے زیادہ قریب تھی۔ ہمدردی، انس، رفاقت، انسانیت کی محبت اور اس طرح دونوں کی شادی ہو گئی۔ ناہید اپنے میاں کے ساتھ بمبئی گئی۔ جہاں اسے ایک ہسپتال میں میٹرن کی جگہ مل گئی اور اس نے آہستہ آہستہ نرسوں کی تنظیم شروع کی۔ اس روز صغیر نے اپنی کھادی کی شیروانی اتاری۔ کھادی کے کرتے اور پاجامے کو اس نے بڑے چوکور آئینے میں دیکھا۔ جس میں ناہید، جو لبوں پر سرخی نہیں لگاتی تھی، اپنے گداز، بھرے ہوئے جسم، چوڑے صحت مند سینے اور اس پر سادہ یونیفارم کی بہار دیکھ لیا کرتی تھی۔ خصوصیت سے وہ اپنے بالوں کا تماشا دیکھتی جو اس کے گھٹنوں تک پہنچتے تھے اور صغیر کو ان بالوں سے عشق تھا۔ آئینے میں اپنے کھدر کے لباس کو دیکھ کر صغیر کو ذرا سی کوفت ہوئی۔ چند متناسب جسموں پر تو بے شک کھدر اچھے سے اچھے کپڑے سے زیادہ کھلتا ہے۔ ورنہ عموماً ایسا معلوم ہوتا ہے کہ کبھی کسی پتلے تکیے اور کسی گاؤ تکیہ پر کسی نے موٹا جھوٹا غلاف چڑھا دیا ہو۔

اس کے لکھنے کی میز پر ایک چٹھی تھی۔ "میں مقبول کے ساتھ سنیما دیکھنے جا رہی ہوں۔ ممکن ہے مجھے واپسی میں دیر ہو۔ نعمت خانے میں کچھ سینڈوچ بسکٹ رکھے ہیں۔ ناہید۔"

صغیر اس چٹھی کو پڑھ کے سکتے کے عالم میں کھڑا کا کھڑا رہ گیا۔ اس کا دماغ اچھی طرح سمجھ نہیں سکا۔ اس کی متاہل زندگی میں یہ پہلی بار تھی کہ اس کی بیوی، اس کے کسی دوست کے ساتھ سنیما دیکھنے گئی تھی اور شاید تنہا۔ کم از کم مقبول دادر میں سیوا جی پارک

کے قریب تنہا رہتا تھا۔ صغیر اپنے آپ سے حجت کرنے لگا۔ مجھے یہ فرض کر لینے کا کیا حق ہے کہ وہ مقبول کے ساتھ تنہا سنیما گئی ہے۔ ممکن ہے اور بھی کئی لوگ ہوں۔

وہ اپنے میز پر بیٹھ کے کام کرنے لگا۔ آج کل وہ اس مبحث پر تحقیق کر رہا تھا کہ کیا مارکسیت مذہب کی غیر معاشی قدروں کو برداشت کر سکتی ہے۔ یہ شبہ اس کے دل میں عرصے سے کھٹک رہا تھا کہ مارکس معاشیین کا امام فلسفیانہ اسلحہ سے اچھی طرح مسلح نہیں تھا۔ مابعد الطبعیات پر اچھی طرح حاوی ہوئے بغیر فلسفے اور مذہب کو انہی کے ہتھیاروں سے شکست دیے بغیر مادیت ارتقا بالضد کوئی باقاعدہ فلسفیانہ نظام نہیں بن سکتی۔ وہ عملی نظام بن جائے لیکن فلسفیانہ نظام نہیں بن سکتی۔ مارکس کے بہت سے عقیدت مندوں نے اس قسم کا شک محسوس کیا تھا۔ مثلاً بازارف، بوگدانوف، لوناچارسکی، ہل فونڈ، برمن، یوش کے وچ اور سودروف۔ انہی کے جواب میں لینن نے مادیت اور تجربی تنقید لکھی تھی۔ لیکن لینن کے دلائل سے صغیر کی تشفی نہیں ہو سکی تھی۔

وہ کام کرنے لگا۔ ساڑھے نو بجے، دس بجے۔ لیکن ناہید نہیں آئی۔ اب تک اسے آ جانا چاہیے تھا۔ سنیما زیادہ سے زیادہ ساڑھے آٹھ بجے ختم ہو جاتا ہے۔ لیکن ممکن ہے کہ وہ لوگ فورٹ کے کسی سنیما کو گئے ہوں۔ ممکن ہے بس ملنے میں دیر ہوئی ہو۔ اس نے نعمت خانے سے سینڈوچ نکال کے کھائے۔ کام کرنا چاہا۔ مگر ناہید کی ہنستی ہوئی صورت، اس کے بھرے بھرے بارونق گال اور سفید دانت، اس کے چوڑے شانے، اس کے جسم کی گرمی برابر حائل ہو کے اوراق کو دھندلا کر دیتے۔ سطروں کا مطلب خبط کر دیتے۔ دماغ کی منطقی راہ میں طرح طرح کے روڑے اٹکاتے۔ استدلال کے سامنے یکلخت اعصابی، جذباتی خندقیں پیدا کر دیتے۔ ایک خلا پیدا ہو جاتا اور دل میں ایک طرح کا وہم سا ہونے لگتا۔

پھر گیارہ بجے دادر کی طرف سے اور فورٹ سے معلوم نہیں کتنی بسیں آئیں اور سامنے کی سڑک سے شور مچاتی گزر گئیں۔ اس نے لینن کی کتاب اور اپنی نوٹ بک دونوں کو بند کیا اور ٹہلنے لگا۔ اب پہلی مرتبہ ایک عجیب طرح کا جذبہ سا ابھرنے لگا، ایسا جذبہ جو اگر تکمیل کو پہنچے تو صدمہ کہلائے۔ لیکن اس ابتدائی درجے میں اس کے لیے کوئی نام نہیں تھا۔ اس جذبے کے ساتھ ساتھ، اس کے متوازی ایک اور جذبہ تھا، خلجان کا سا۔ اس کا نام متعین تھا، شک۔

اس نے سگریٹ سلگایا اور ٹہلنے لگا۔ سوچنے لگا کہ مجھے شک اور کسی قسم کے صدمے کا حق ہی کیا ہے۔ ناہید یا اس کا جسم میری ملکیت تو ہے نہیں۔ کیا اس مہاجنی ترن سے پہلے بربریت کے سنہری دور میں تمام عورتیں تمام مردوں اور تمام مرد تمام عورتوں کی ملکیت نہیں ہوتے تھے۔ ممکن ہے یہی قانون فطرت ہو۔ ممکن ہے "جوڑے دار" شادیاں قانون فطرت کی خلاف ورزی ہوں۔ تمدن کی صبح کاذب کے ساتھ ساتھ تو یہ شادیاں وجود میں آئی ہیں۔ پہلے مائیں بہنیں حرام ہوئیں، پھر قبیلے کی عورتیں حرام ہوئیں، پھر ایک مرد اور ایک عورت کی جوڑے دار شادیاں ہونے لگیں۔

اور وہ سوچتا رہا۔ قانون فطرت؟ لیکن انسان کا کام تو فطرت کے قانون کی پابندی نہیں، اس کی تسخیر ہے۔ ہل اور ٹریکٹر، دوربینیں اور خوردبینیں سب قانون فطرت توڑنے کے لیے ہیں۔ زمین اور زندگی اور ستاروں پر انسان کے حکم چلانے کے لیے ہیں۔

ناہید، ناہید، ناہید ابھی تک نہیں آئی اور مقبول یقیناً خوبصورت ہے۔ چھ فٹ دس انچ قد، پنجابی، سرخ و سفید۔ لڑکیوں کی حد تک تو وہ اسم بامسمی ہے۔ سب کی سب اس پر کیسے مرتی ہیں۔

پھر دوسرا سگریٹ پہلے سگریٹ ہی سے جلا کے اس نے سوچنا شروع کیا۔ ناہید اور مقبول۔ لیکن ان جوڑے دار شادیوں میں صرف ایک شریک حیات کی پابندی عورتوں ہی پر لازم قرار دی گئی۔ عصمت کا مطالبہ صرف ان سے کیا گیا۔ رہ گیا یہ نظریہ کہ عصمت کی قید عورتوں نے خود اپنے اوپر عاید کی ہے۔ اس کے معاشی وجود کا اگر تجزیہ کیا جائے تو ممکن ہے اس میں کچھ اصلیت نکلے۔ جب عورت اس قدر قربانی پر تیار ہو گئی تو مرد جو مویشیوں اور غلاموں کو اپنی خدمت اور مزدوری کے لیے استعمال کر رہا تھا، عورت کو بھی اپنی خادمہ کی طرح استعمال کرنے لگا۔ انسان قدیم کی سمجھ میں آ گیا کہ بچے کی پیدائش میں باپ کا بھی کچھ حصہ ہوتا ہے۔ حق مادری اور قانون وراثت مادری کے خاتمے کے ساتھ ساتھ عورت کی جنس کو پوری معاشی اور عمرانی شکست ملی۔ کیا ناہید بھی میری اس طرح کی باندی، اس طرح کی کنیز ہے۔ کیا اور سب آزادیوں کی طرح جنسی آزادی کا سوال خود بخود نہیں پیدا ہوتا۔ لاطینی لفظ، "فیمولس" کے معنی گھریلو غلام کے ہیں اور فیمیلیا کے معنی غلاموں کی اس کل تعداد کے ہیں۔ جو کسی ایک مرد کی ملکیت ہو۔ یہی لفظ فیمیلیا آج بھی اطالوی میں استعمال کیا جاتا ہے۔

عورت کس لیے دوسرے مردوں کے پاس نہ جائے۔ اسی لیے نا کہ وراثت پدری کی حد تک شک کا امکان باقی نہ رہے۔ میاں صغیر تمہارے پاس کون سا اثاثہ، کون سی جائیداد ہے؟ رفتہ رفتہ عصمت کا یہ تخیل کم از کم مشرق میں، اپنے معاشی پس منظر سے نکل کر مقصود بالذات بن گیا۔ عزت کو مال اور جان دونوں سے زیادہ اہمیت دی جانے لگی۔ ہم مشرقی ہمیشہ تصورات کے دیوانے رہے۔۔۔ از بام خانہ تا بہ ثریا ازان من۔ مشرقی مرد تو ہمیشہ بام تصورات کے دیوانے رہے۔۔۔ از بام خانہ تا بہ ثریا ازان من۔

مشرقی مرد تو ہمیشہ بام خانہ سے تریا تک علم کلام، صاحبدلی، عزت نفس، عصمت تخیل کے ہوائی قلعے بناتے رہتے اور بام خانہ کے نیچے رہنے والی گھر والی کو انہوں نے ان خیالی محلوں کے پاس بھی نہ پھٹکنے دیا۔ امیر خسرو اپنی لڑکی کو دیوار کی طرف پشت کرکے بیٹھے رہنے کی تعلیم دیتے رہے۔ کبھی کبھی مرد بھی ان ہوائی قصروں سے نیچے اتر آئے اور امرد پرستی اور بہیمیت کے گندے دلدل میں ایسے غوطے لگاتے کہ حیرت ہوتی۔

ابن یمین۔۔۔ اس کا دیوان بڑی آب و تاب سے حال ہی میں شائع ہوا ہے۔ صغیر اس کے ورق الٹتا رہا اس میں موعظت اور پند اور حق پرستی ہر ہر شعر سے ہویدا تھی۔ یہاں تک کہ وہ ایک غزل پر پہنچا۔ ایسی فحش غزل کہ مرزا کانی اور جعفر زٹلی شرما جائیں۔

ابن یمین کے دیوان سے اس کے دماغ کی منطقی حرکت جو اس کی جذباتی بے چینی سے برابر لڑ رہی تھی پھر اسے گھریلو عورت کی طرف واپس لے آئی اور صغیر نے سوچنا شروع کیا۔ قرون وسطی بلکہ یونان قدیم کے۔۔۔ اور پھر الف لیلہ کے وہ دو مشہور ڈرامائی کردار۔ چالاک عاشق اور بیوقوف شوہر۔ وہ ڈرامہ جس کو ایلنگز نے بڑی خوبصورتی سے اس ایک جملے میں بیان کیا ہے۔ شوہروں نے بیویوں پر فتح پائی، لیکن ان شکست کھانے والیوں نے اپنی عالی ظرفی سے فاتحوں کے لیے تاج کا انتظام کر دیا۔۔۔ اور تاج؟ فرانسیسی اور سترہویں اور اٹھارویں صدی کے انگریزی ڈرامہ کا وہ سنگینیوں کا تاج۔ سنگینیوں کا تاج جو غریب شوہر کو تو نظر نہیں آتا۔ لیکن جسے اور سب دیکھ دیکھ کے ہنستے ہیں۔ سنگینیوں کا تاج جس کے معنی یہ ہیں کہ اس بادشاہ کی ملکہ ہرجائی ہے۔ اس بادشاہ کی ملکہ دوسرے مردوں کے جسم سے واقف ہے۔

اس رفتار تخیل سے ایک منٹ کے لیے صغیر کا جذبہ رشک سارے دماغی استدلال

پر حاوی ہو گیا۔ آئینہ میں اس نے اپنا چہرہ دیکھا جو لال ہو رہا تھا۔ اس کے زرد چہرے کو لال ہونے کے مواقع بہت کم ملتے تھے۔ یہ سرخی زردی کی ضد نہیں اس کی انتہا تھی۔ آئینے میں اسے اپنے سر پر کہیں سینگ نظر نہیں آئے۔ خدا کا شکر ہے۔ دنیا، یہاں تک کہ ہندوستان، کم سے کم شہروں کا ہندوستان۔۔۔ قرون وسطی کو صدیوں پیچھے چھوڑ آئے تھے۔ ورنہ سینگوں کا اگ آنا کچھ عجیب بات نہ ہوتی۔ اب ہنسنے والوں کے حربے دوسرے ہیں۔ زیادہ تر توپیٹھ پیچھے بھونڈا مذاق کر کے جس میں جنسی فعل کی طرف بازاری اصطلاح میں اشارہ ہوتا ہے، ہنس لیتے ہیں اور معاملہ رفت گزشت ہو جاتا ہے۔ بعض ذرا بیدردی سے بدنصیب شوہر کے سامنے بھی ذکر کر دیتے ہیں۔ لیکن صاف صاف نہیں، اشارتاً اور طنزاً اور اس امر سے بالکل مطمئن کہ ان کے اپنے گھر محفوظ ہیں۔ ذرا مسخرے اپنے گھروں کی تو نبض دیکھیں۔

لیکن اسی درمیان میں انسان نے جنسی تعلق میں ایک ایسا ارتقائی جذبہ تخلیق کیا ہے۔ جسے کوئی اور حیوان نہیں جانتا۔ عشق کا جذبہ، والہانہ کشش کا جذبہ ایک دوسرے کے لیے مکمل قربانی اور کامل ایثار کا جذبہ۔ اگر اس کی اور ناہید کی شادی کی تہ میں یہ جذبہ کسی نہ کسی طرح پیدا ہو چکا ہے تو دونوں فریقوں پر عصمت واجب آتی ہے۔ تب تو وہ دونوں ایک دوسرے کے لیے ہیں اور دونوں میں سے کوئی کسی اور کے لیے نہیں۔

سنیما کے بعد مقبول کے فلیٹ میں وہ انتظار کرتی رہی۔ یعنی اس کا تحت الشعور انتظار کرتا رہا کہ جو حسین نوجوان اس کے سامنے صوفے پر بیٹھا ہے۔ اب اس کا ہاتھ اس کے جسم سے مس کرے گا۔ اب اس کے لب، اس کے اپنے لبوں کو طلب کریں گے اور ناہید خود اپنے آپ کو کوئی جواب نہ دے سکی، کوئی فیصلہ نہ کر سکی کہ اگر ہاتھ بڑھیں یا لب

قریب آئیں تو وہ مزاحمت کرے یا نہیں اور مزاحمت کرے تو کس قدر۔ وہ خود تو جانتی نہ تھی۔ شاید عین وقت پر وہ تصفیہ کر سکتی۔ کھانے کے بعد اس تنہائی میں اور سب طرح کی باتیں ہوئیں۔ کاغذ کے کارخانوں کے مزدوروں کی انجمن کے متعلق جس میں مقبول کام کر رہا تھا۔ نرسوں کی زندگی کے متعلق، جنگ اور جدید ادب پر تبصرے ہوئے۔ کچھ مشتبہ مذاق بھی ہوا اور مقبول نے ناہید کے حسن کی تعریف بھی کی۔ لیکن عاشقی کی تھوڑی بہت کوشش کی تو صرف آنکھوں میں۔

اور آنکھوں کا باہمی ربط ناقص سا تھا۔ ایک طرح کی جنسی کشش ضرور تھی۔ لیکن نگاہوں کا ربط جذب مطلق کا ربط نہیں تھا۔ مقبول کو اپنے دوست کا اور ناہید کو اپنے شوہر کا لحاظ تھا اور یہ لحاظ، نہ بھی ہوتا، تب بھی نگاہوں میں صرف گنگنی سی سرگرمی تھی، آگ نہ تھی اور بجلی کا تو کہیں دور دور پتہ نہ تھا۔ اس لیے نہ ہاتھوں نے ربط قائم کرنے کی کوشش کی، نہ لبوں نے۔

مگر نگاہوں کی یہ ہلکی سی کشش کیا تھی اور اس سے عارضی لطف کیوں حاصل ہوا؟ یہ سوال ناہید نے مقبول کے فلیٹ سے واپس ہوتے ہوئے سوچا۔ غالباً اس قسم کی خفیف سی جنسی کشمکش جو جسمانی ربط کی طلبگار تھی ایک طرح کا نفسیاتی سیفٹی والو ہے۔ ایک مرد سے والہانہ عشق کے بعد جذبات کی سیر گاہ۔ دل کی خفیہ تمنائیں نکالنے کا ایک بے خطر ذریعہ۔ شاید اسی لیے مغربی تمدن کا حکم ہے کہ بیویاں اپنے شوہروں کے ساتھ رقص نہ کریں۔ دوسروں کے ساتھ ناچیں اور دعوتوں کے میزوں پر اپنے شوہر کے ساتھ نہ بیٹھیں دوسرے مردوں کے پاس بیٹھیں۔ انہی رعایتوں سے شاید یورپ نے ازدواجی زندگی کی عصمت کو کامیاب بنانا چاہا۔ مطلق العنانی حکمرانی کے سوا یہی ایک صورت تھی۔

اب ساڑھے گیارہ ہو چکے تھے۔ وہ بس سے اتر کر سیڑھیاں چڑھنے لگی۔ بے چینی سے یہ خیال اسے پریشان کرنے لگا کہ کہیں صغیر کو شک نہ ہو۔ کہیں وہ کچھ اور نہ سمجھ رہا ہو۔ اس کے بعد عشقیہ ازدواجی زندگی میں ایک کانٹا سا کھٹکنے لگے گا۔ اسی لیے شاید عورتوں نے شروع شروع میں عصمت کو اپنے اوپر لازم گردانا تھا۔ پھر ناہید کو تعجب ہوا کہ کیوں وہ خود صغیر کے سامنے اپنی بریئت پیش کرنا چاہتی ہے۔ اسے یقین دلانا چاہتی ہے کہ وہ معصوم ہے اور وہ صرف اسی کو چاہتی ہے۔ آخر وہ اس کی ملکیت تو نہیں۔

اور صغیر نے زینوں پر اس کے قدموں کی چاپ پہچانی، دروازہ کھولا۔ وہ ہنستی ہوئی کھری آنکھیں، اپنی صفائی پیش کرنے کے لیے کچھ کہنا ہی چاہتی تھیں کہ دو گداز گورے ہاتھ بڑھے اور ان ہاتھوں نے اس کے جسم کو گھیر لیا، دو گداز نازک لبوں نے اس کے لبوں پر مہر لگادی اور یہ بوسہ، یہ لمس اتنا سچا، اتنا والہانہ تھا کہ فریقین میں سے کسی کو نہ کچھ پوچھنے کی ضرورت رہی نہ جواب دینے کی۔

"پیارے تم نے وہ سینڈوچ کھائے۔ جلدی میں تمہارے لیے میں اور کچھ نہ بنا سکی۔ کہو تو ابھی انڈوں کا خاگینہ تل دوں۔"

تب وی تال نے پوچھا، "مہاراج آپ بتایئے ان تینوں میں سب سے زیادہ فراخ دل اور فیاض کون تھا؟ مقبول جس نے اپنے دوست کا لحاظ کیا، یا صغیر جس نے عورت کی ذات اور اس کے حق کا لحاظ کیا۔"

مہاراج تری وی کرم سینا نے کہا، "ویتال اس عجیب آنے والے زمانے کے لحاظ سے میں بھلا کیا تصفیہ کر سکتا ہوں کیونکہ تو کہتا ہے کہ اس عجیب زمانے میں کشتیاں مچھلیوں کی طرح پانی کے اندر چلیں گی اور مکان ہوا میں پنچھیوں کی طرح اڑیں گے اور لوہے کی

نلیوں میں سے آگ نکلے گی۔ لیکن اس آگ کی بھٹی سے پگھل کر نکلنے کے بعد اگر انسان سچ مچ کھرا سونا بن جائے اور ایسا واقعہ جیسا تو بیان کرتا ہے، پیش آئے تو میں تو یہ کہوں گا کہ صغیر، ناہید اور مقبول تینوں برابر فیاض تھے۔ یا یہ کہ ان میں سے کوئی خاص طور پر فیاض اور فراخ دل نہ تھا۔ ہر ایک اپنا اور دوسرے کا حق جانتا تھا اور دل اور جسم کی محبت میں امتیاز کر سکتا تھا، ان دونوں کے فرق کو سمجھتا تھا۔"

"جے مہاراج کی" ویتال نے کہا اور خاموش ہو گیا۔

***

دیاسلائی کی اہمیت

کچھ عجیب و غریب طریقے پر آزاد کو یورپی تمدن میں دیاسلائی کی اہمیت کا احساس ہوا۔

سب سے پہلے آزاد نے اسے پیرس کے اسٹیشن گار دلیاں پر دیکھا۔ اندازہ لگایا کہ وہ امریکن ہے اور اسی گاڑی سے سفر کر رہی ہے۔ ویژاں پر اسے یقین ہو گیا کہ وہ تنہا سفر کر رہی ہے۔ لی آں کے اسٹیشن پر اس نے اس سے پہلی مرتبہ بات کی اور مارسٹی پہنچتے پہنچتے اس سے دریافت کیا کہ وہ کہاں جا رہی ہے۔ ژوآں لے پاں۔ خود آزاد مانٹی کارلو پہنچ کر دم لینا چاہتا تھا۔ مگر خیر ژوآں لے پاں ہی سہی۔

ویژاں اور لی آں کے درمیان ایک کہنہ سال امریکی ہمسفر نے آزاد سے کہا کہ لہجہ سے معلوم ہوتا ہے یہ لڑکی ممالک متحدہ امریکی کی کسی جنوبی ریاست کی ہے۔ جنوبی ریاستوں کے لوگوں کا نسلی تعصب امریکہ سے باہر بھی اچھا خاصہ مشہور ہے مگر یہ نسلی تعصب زیادہ تر حبشیوں کے ساتھ ہے۔ ہندوستانیوں وغیرہ کی حد تک صرف اس کا ہلکا سا اثر باقی رہ جاتا ہے، اس کی تصدیق آزاد کو لی آں اور مارسے ٹی کے درمیان ہوئی۔ کہنہ سال امریکی لی آں پر اتر گیا تھا۔ آزاد نے اس لڑکی سے بات چیت شروع کی۔ اس کی ابتدائی بے رخی کو توڑنے کی کوشش کی اور تہیہ کر لیا کہ بجائے مانٹی کارلو کے ژواں لے پاں میں قیام کیا جائے۔

مارسٹی کے اسٹیشن پر ریوریرا جانے والی گاڑی تیار کھڑی تھی۔ لیکن شام ہونے لگی

تھی اور جو کچھ تھوڑی بہت بے تکلفی اس لڑکی سے پیدا ہو چلی تھی اس میں فرق آنے لگا تھا۔ آزاد نے اصرار کیا کہ وہ اپنا نام بتائے۔ بہت دیر تک مذاق اور لیت و لعل کے بعد اس نے نام بتایا کہ برگن۔ پھر وہ تاریک ہوتے ہوئے سمندر کا نظارہ دیکھنے میں محو ہو گئی۔ تاریکی سمندر پر، پہاڑیوں کے نشیبوں میں، مکانوں کی کھڑکیوں کے اندر، یہاں تک کہ شاہراہوں پر پھیلتی ہی چلی جا رہی تھی۔ ساں رفائی تک جورات کی تاریکی اور جولائی کے دھندلکے میں آویزش رہی، بالآخر تاریکی غالب آ گئی۔ ریویرا کے کنارے میڈی ٹرینسین کا تموج تاریکی میں ریشم کا کالا طوفان بن گیا۔ اب آزاد کی ہم سفر امریکن لڑکی کھڑکی سے صرف تاریکی کا سماں دیکھ سکتی تھی۔ سمندر کی تاریکی اور زمین کی تاریکی میں فرق کا سماں بھی ایک خاص کیفیت رکھتا ہے۔ چلتی ریل سے گہری تاریکی، ہلکی تاریکی میں ملتی معلوم ہوتی ہے۔ کہیں کہیں روشنیوں سے اس میں خلل پڑتا ہے۔ مگر یہ وہ منظر ہے جو ریویرا کے سوا شاید ہی کہیں اور نظر آئے۔ اس لڑکی نے جو خلیج میکسیکو تک ذہنی طور پر ٹکرا کے پلٹ آئی تھی کہا، "میں نے ایسا خوبصورت منظر آج تک نہیں دیکھا۔"

تھوڑی دیر بعد جب ہلکی تاریکی اور گہری تاریکی کے سماں کا لطف بھی جاتا رہا تو وہ بھی ہٹ آئی۔ وہ بہت مسرور معلوم ہوتی تھی۔ یہ ریویرا کے ماحول اور سمندر کی ہلکی ہوا کا اثر تھا۔ اب آزاد نے اس سے جو ریویرا کے مختلف شہروں کے متعلق اپنی معلومات کا اظہار کیا تو اس نے بڑی دلچسپی ظاہر کی۔

جب گاڑی ژواں لے پاں پہنچی تو اسٹیشن پر ہی لڑکی نے زبردستی آزاد کو خدا حافظ کہا۔ آزاد اس سے پوچھتا ہی رہا کہ کس ہوٹل میں ٹھہرو گی؟ مگر وہ تو اس ریل کی ملاقات کو ریل ہی پر ختم کر دینا چاہتی تھی۔ آزاد بھلا اس امریکی حسن کو اس قدر آسانی سے کھو دیتا۔ اس نے دیکھ لیا کہ ایک ہوٹل کا ملازم اس لڑکی کا سامان سنبھالے گا۔ اس ملازم کی ٹوپی پر

ہوٹل کا نام لکھا تھا، "گراند واتیل وزامریکین۔"

آزاد نے اپنے دل میں کہا، "جانی بچ کر کہاں جاؤ گی۔ امریکہ تک تمہارا پیچھا نہ کروں تو سہی۔" اسٹیشن کے باہر آزاد نے ٹیکسی لی۔ اس کے ساتھ تھوڑا ہی سامان تھا۔ دو چھوٹے چھوٹے سوٹ کیس اور بس۔ ٹیکسی والی سے اس نے گراند او تیل وزامریکین چلنے کے لیے کہا، یہ ہوٹل اسٹیشن سے قریب ہی تھا۔ کوئی تین منٹ میں ٹیکسی ہوٹل کے دروازے پر جا کھڑی ہوئی۔ ہوٹل کا دروازہ ایسا گھومتا ہوا دروازہ تھا، جس کے چار پٹ ہوتے ہیں۔ ایک طرف سے کوئی اندر آئے تو دوسری طرف سے کوئی اور باہر جا سکے۔ غرض اس گھومتے دروازے میں آزاد نے غلط طرف سے داخل ہونا چاہا۔ ادھر سے کوئی آ رہا تھا۔ اس کشمکش میں دروازہ رک گیا اور آزاد کا ایک سوٹ کیس اس کے ہاتھ سے گر پڑا۔ اس کو اٹھانے کے لیے وہ ہٹا تو وہی امریکن لڑکی باہر نکلی اور اگرچہ وہ ذرا سست معلوم ہوتی تھی، جیسے ابھی کسی بات پر غصہ آیا ہو۔ لیکن آزاد اور اس کے سوٹ کیس کو دیکھ کر وہ مسکرائی۔ باہر نکل کے وہ کہنے لگی کہ اس نے اس ہوٹل میں جگہ کا انتظام کیا تھا۔ لیکن اس کے پہنچنے سے پہلے ہی اس کمرے کو منیجر نے کسی اور کے حوالے کر دیا۔ ہوٹل کا ملازم اسے خواہ مخواہ یہاں لے آیا۔ آزاد جو ژواں لے پاں کی جغرافیہ سے کافی واقف تھا۔ ایک ایسے ہوٹل کو جانتا تھا جو گاؤں سے تقریباً آدھ میل کے فاصلے پر سمندر کے کنارے پر تھا۔ یہ ہوٹل چھوٹا سا تھا۔ زیادہ تر فرانسیسی ہی اس میں ٹھہرتے تھے اور سیاح کم آتے تھے۔ آزاد نے اس سے اس ہوٹل کی سفارش کی اور جس ٹیکسی میں آزاد آیا تھا اسی میں دونوں بیٹھ کے اس ہوٹل پہنچے جس کا نام "او تیل الساس" تھا۔

ٹیکسی ہی میں پھر دونوں میں وہی بے تکلفی پیدا ہو گئی جو مارسٹی پہنچنے اور شام کے دھندلکے سے پہلے تھی۔ آزاد نے اسے بجائے ہس برگن کہنے کے کہہ کر مخاطب کیا

اور اس درمیان میں ہوٹل بھی آ گیا۔

جب دونوں ہوٹل میں پہنچے تو چھوٹے سے فربہ اندام، زندہ دل فرانسیسی منیجر نے یہ تجویز کی کہ دونوں کے لیے ایک ہی بڑا کمرہ کافی ہو گا۔ کیوں کہ دونوں بھائی بہن معلوم ہوتے ہیں۔ اس پر کے بہت ہنسی اور کہا اگر دونوں کے درمیان رات کے وقت ایک ہلکی سی دیوار حائل رہے تو زیادہ مناسب ہے۔

بہر حال دونوں کو پاس ہی پاس کمرے ملے۔ کمروں میں جانے سے پہلے دونوں نے طے کر لیا کہ رات کا کھانا ساتھ ہی کھائیں گے۔ پیرس سے ریویرا تک سفر بڑا طویل اور تکلیف دہ ہوتا ہے۔ آزاد نے ہاتھ منہ دھو کے کپڑے بدلے۔ آئینہ میں اپنی ہیئت کذائی کو بار بار دیکھا اور اس کو ذرا ٹھیک کرنے کی کوشش کی اور کوئی آدھ گھنٹے کے بعد یہ سمجھ کر کہ اس درمیان میں کے بھی کپڑے بدل چکی ہو گی، اس کا دروازہ کھٹکھٹایا۔ کے نے کہا، "آؤ۔" آزاد اس کے کمرے میں داخل ہوا تو وہ اپنے بال ٹھیک کرنے اور لبوں کو سرخی لگانے کے آخری مراحل طے کر رہی تھی۔ اس نے آزاد کی طرف پلٹ کر اس طرح دیکھا گویا صدیوں کی دوستی ہے۔ کہا، "کپڑے بدل کر تم بڑے خوبصورت معلوم ہو رہے ہو، مگر ریل پر تم گرہ کٹ معلوم ہو رہے تھے۔" اور پھر وہ ذرا طنز سے مسکرائی۔

آزاد نے سوال کیا، "اسی لیے اسٹیشن پر آپ مجھ سے پیچھا چھڑانا چاہتی تھیں۔"

زور سے ہنس کے ۔۔۔ سرخ لپ اسٹک میں بجلی چمکی۔ اس نے سر کے بالوں کو سمیٹ کے آخری جنبش دی اور کہا، "یس سر۔"

پھر وہ اٹھ کھڑی ہوئی اور آزاد کی طرف پلٹی، "مگر اب تم شریف معلوم ہو رہے ہو اور مجھے بھوک لگ رہی ہے۔ اس لیے تم کھانے کی میز تک مجھے اپنے ساتھ لے چل سکتے ہو۔" یہ کہہ کر اس نے آزاد کا بازو پکڑا۔ آزاد نے مذاقاً سر کو جنوبی یورپ کی شولری کے

انداز میں بہت زیادہ خم کیا۔ کمرے کے دروازے سے باہر نکلی۔ کیوں کہ کھانے کے میز ہوٹل کی پیچھے کی دیوار سے لے کر سمندر کے کنارے تک پھیلے ہوئے تھے۔ جہاں ہوٹل کی اس کھلی طعام گاہ کی حدود ختم ہوتی تھیں وہاں سمندر سے لے کر ہوٹل کی دیوار تک بڑی خوبصورت باڑھ تھی، جس پر زرد زرد پھول کھلے ہوئے تھے۔

آزاد نے ایک ایسا میز چنا جو سب سے دور تھا۔ اب میز جو سمندر اور باڑھ کے اتصال کے موقع پر بچھا ہوا تھا۔ آزاد جس کرسی پر بیٹھا وہ سمندر کے قریب تھی اور کے جس پر بیٹھی وہ باڑھ کے قریب تھی۔ اس میز تک بجلی کی روشنی بھی بہت کم آتی تھی۔ گہری اور ہلکی تاریکی کو جو جنگ ریل پر ختم ہو گئی تھی۔ یہاں پھر سے جاری تھی۔

اچھی خاصی رات آگئی تھی اور چار ہی پانچ لوگ وہاں موجود تھے۔ آزاد اور کے کے میز کے پاس تو کوئی اور نہ تھا۔ دور ایک بڈھا فرانسیسی بیٹھا پیتا جا رہا تھا اور ایک کاغذ پر کچھ لکیریں کھینچتا جا رہا تھا۔ ایک اور میز پر کوئی تین چار متوسط العمر عورتیں بیٹھی زور زور سے باتیں کر رہی تھیں۔ ان سے قطع نظر اس وقت تنہائی کا سا لطف تھا۔

کھانے پر آزاد اور کے میں بڑے مزے مزے کی باتیں ہوئیں۔ دونوں نے اپنے حیات معاشقہ کے واقعے سنائے۔ کھانے کے بعد کریم وماند کے کئی چھوٹے چھوٹے گلاس خالی کرنے کے بعد دونوں اور زیادہ کھلے۔ آزاد نے کے کی تعریف شروع کی اور اپنا حال دل سنایا۔ اس سے کہا کہ امریکی حسن ایک خاص چیز ہے اور امریکی لڑکیوں کی طبیعت کا کیا کہنا، بڑی صاف گو ہوتی ہیں اور محبت کے عالم میں صاف ہاں یا نہیں اور جنوبی ریاستوں کا امریکی حسن تو اور لاجواب ہے۔ پھر امریکی لڑکیوں میں کے حسن میں سب کی سرتاج ہے اور کے کیا نتی کے بہت ہی ہلکے سرور میں اور ریویرا کے ماحول، سمندر کی ہوا اور نیم تاریکی کی وجہ سے بہت خوش ہو رہی تھی، مسکرا رہی تھی اور کھلی جا رہی تھی۔ آزاد نے میز پر

اس کے ہاتھ پر اپنا ہاتھ رکھا، تو اس نے اپنا ہاتھ ہٹانے کے لیے خفیف سی جنبش کی لیکن اسے ہٹایا نہیں۔

وہ کمبخت ادھیڑ عمر کی عورتیں، اسی طرح زور زور سے باتیں کر رہی تھیں۔ مگر وہ کم سے کم دس گز دور تھیں اور ادھر دیکھ بھی نہیں رہی تھیں۔ ایک گارساں (خادم) بھی کھڑا تھا۔ وہ بھی کوئی آٹھ دس گز دور تھا اور اس طرف نہیں بلکہ ہوٹل کی طرف دیکھ رہا تھا۔

کے نے کیانتی کا ایک اور گلاس خالی کیا اور ریویرا کی تعریف میں ایک ایسا کلمہ صفت استعمال کیا جس سے سرور کی بو آتی تھی۔ پھر آزاد کی بھی تعریف کی۔ "تم بہت مہربان ہو مجھے تم بہت پسند آئے۔" اس پر آزاد نے اپنے ہاتھ کی گرفت اور مضبوط کر دی تو اس نے ہاتھ چھڑا کے آزاد سے سگریٹ کی فرمائش کی۔

آزاد نے اسے سگریٹ نکال کر دیا، اس نے آزاد کے دونوں ہاتھ پکڑ کے دیا سلائی سے سگریٹ سلگایا۔ دیا سلائی کی روشنی میں آزاد نے دیکھا کہ اس کا چہرہ سرور اور مسرت اور شرارت سے چمک رہا ہے۔ اس کے بعد آزاد نے خود بھی سگریٹ جلا کے اپنی کرسی سمندر سے دور اور اس کی کرسی کے قریب کھینچ لی اور سرگوشیوں میں اس سے اظہار محبت کے لیے کہا، "میں نے آج ہی صبح تم کو پہلی مرتبہ دیکھا اور اب یہ معلوم ہوتا ہے کہ میں کئی سال سے تم پر عاشق ہوں۔"

وہ آہستہ سے ہنسی اور ذرا خوش ہو کے اس نے کہا، "سچ مچ؟"

اس کے بعد آزاد اور کیا کہتا۔ اس نے دیکھا کہ یہی موقع ہے عمل کا۔ جھک کر آہستہ سے اس لڑکی کے رخسار کو چوما۔ مگر ایک ہی سکنڈ کے عرصے میں اس نے اپنے ایک رخسار پر کسی چیز کے زور سے پڑنے کی آواز سنی اور ساتھ ہی وہ تکلیف محسوس کی جو بچوں

کو مدرس کا تھپڑ پڑنے کے بعد محسوس ہوتی ہے۔ اس نے محسوس کیا کہ یہ اس امریکی حسینہ کی پانچ نازک انگلیوں کی کارستانی ہے۔ یہ اس بوسے کا انعام ہے۔

قبل اس کے کہ وہ معافی مانگ سکتا یا کچھ کہہ سکتا، کے نے اپنا بیگ اٹھایا اور چل دی۔ آزاد نے جلدی سے متوسط العمر عورتوں کی طرف دیکھا، وہ اسی طرح زور زور سے باتیں کر رہی تھیں۔ اس طرف جو تماشا ہوا وہ انھوں نے دیکھا ہی نہیں تھا اور گارساں بھی اسی طرح کھڑا دور ہوٹل کی عمارت کو فلسفیانہ انداز سے دیکھ رہا تھا۔ آزاد نے اپنے دل میں کہا، خدا کا شکر ہے کسی نے دیکھا نہیں۔ پھر اطمینان سے گرین لائٹس کا گلاس ختم کیا اور خادم کو پکارا "گارساں۔"

خادم آیا، اس نے بل پیش کیا، پیسے واپس کیے۔ آزاد نے انعام دیا تو اسے لے کر سر خم کیا، پھر آہستہ سے کہا، "مسیو۔"

آزاد نے ذرا گھبراہٹ کے لہجے میں پوچھا، "کیا؟"

خادم نے کہا، "جب مسیو نے مدموزیل کا سگریٹ سلگایا تو مسیو نے خیال نہیں فرمایا کہ مدموزیل نے دیا سلائی پھونک مار کر نہیں بجھائی مسیو نے دیا سلائی کی اہمیت کو نظر انداز کر دیا۔ اس لیے بنا بنایا کھیل بگڑ گیا۔"

آزاد کو کچھ غصہ آیا۔ کچھ شرم محسوس ہوئی، کچھ ہنسی آئی۔ بہر حال اس نے گارساں کا شکریہ ادا کیا، اسے کچھ اور انعام دیا اور اٹھا۔

صبح سویرے پہلی بس جو مانٹی کارلو جاتی تھی اس پر آزاد ژواں لے پاں سے، اس ہوٹل سے اس کے خادم سے، امریکی حسینہ سے بھاگا۔

***

ڈبل لائف

آخر آج تم نے بے قرار ہو کر میرے گلے میں باہیں ڈال دیں! حیران ہوں کہ یہ تبدیلی کیوں؟ ذرا سوچو، دو برس پہلے کیسے گمان ہو سکتا تھا کہ تم اس طرح مجھ سے ملنے نئ دہلی کے اس ہوٹل میں آؤ گی۔ مجھے آج تک یاد ہے کہ ایک دفعہ جب میں نے تم سے کوالٹی میں آئس کریم کھانے کے لیے کہا تھا تو تم نے نہایت اخلاق سے جواب دیا تھا کہ تم نئ دہلی میں کسی کے ساتھ دیکھی جانا پسند نہیں کرتیں۔ تمہیں بھی تو یاد ہو گا کہ میں نے سنیما دیکھنا صرف اس لیے چھوڑ دیا تھا کہ تم میرے ساتھ نہیں جا سکتی تھیں۔ کتنا خیال تھا تمہیں زبان خلق کا، کتنی فکر تھی تمہیں اپنے نام کی! کتنے فخر سے تم کہا کرتی تھی کہ دہلی یونیورسٹی میں تم ہی وہ تنہا لڑکی ہو جس کے متعلق لوگوں کو کبھی باتیں بتانے کا موقع نہیں ملا۔ تم اکثر کہتی تھیں کہ اگرچہ تم مجھ سے ملنا جلنا پسند کرتی ہو لیکن میری خاطر تم اپنے نیک نام کو خطرے میں نہیں ڈال سکتیں، اس لیے میرا تمہارا ساتھ باہر دیکھا جانا مناسب نہیں۔

حیران ہوں کہ آج تمہیں کیا ہو گیا ہے۔ کہاں گئے وہ تمہارے بلند آہنگ دعوے مشرقی روایات کے تحفظ؟ کیا ہوئے وہ تمہارے فلسفیانہ نظریے، مرد عورت کے صحت مند تعلقات کے متعلق، یاد تو ہو گا کہ تم اپنے کو پتھر کی وہ چٹان کہا کرتی تھیں جسے کوئی بھی سیل بہا کر نہیں لے جا سکتا۔ جس سے ٹکرا کر جذبات کی بے پناہ لہریں ساکت ہو جاتی ہیں جو سرد و گرم زمانہ کے اثرات سے بے نیاز ہوتی ہے اور سچ ہے کہ میں نے کبھی تمہاری

آنکھوں میں وہ چمک نہیں پائی جو میں دیکھنا چاہتا تھا، تمہارے تبسم میں کبھی وہ نکھار نہیں پیدا ہوا جس کا میں متمنی تھا، تمہاری آنکھوں کے گہرے ساکت سمندر میں نہ میری خاموش التجائیں ہلچل پیدا کر سکیں اور نہ میری بے چین آنکھیں ان کی تھاہ پا سکیں۔

تم عجیب تھیں، بہت ہی عجیب! باتیں کرنے پر آؤ تو پھول برسایا کرو۔ نہ جی چاہے تو دو لفظوں میں ٹال دو۔ عرصے تک تو میری سمجھ میں نہ آئی کہ میں تمہارے لیے گوارا ہوں یا ناگزیر۔ میں پہلی ملاقات کبھی نہیں بھول سکتا۔ باوجود اس کے کہ وہ کاروباری تھی۔ بیگم برلاس نے جب میرا تعارف کرایا تو تمہارے ہونٹوں پر جو مسکراہٹ تھی اسے رسمی ماننے کے لیے میں ہرگز تیار نہیں، اسی وقت میں نے تہیہ کر لیا کہ تم سے قریب ہو کر تمہیں دیکھوں گا۔ لیکن دوسری ملاقات میں تم نے ایسی بے رخی برتی کہ میں شرمندہ بھی ہوا اور حیران بھی۔ تم کشمیری دروازہ پر بس کے انتظار میں کھڑی تھیں۔ میں ادھر سے گزرا اور میں نے تمہیں اپنی موٹر میں لے چلنے کی درخواست کی۔ تم نے مسکراتے ہوئے میری درخواست رد کر دی۔ یہ مسکراہٹ پہلی ملاقات والی مسکراہٹ سے کچھ مختلف تھی۔ خوبصورت کہنی ایک ایسے چمکتے ہوئے چاقو کے پھل کی طرح جسے ہاتھ لگاتے انگلی فگار ہو جائے۔ اس کے بعد میں بہت بے چین ہو گیا۔ اگر تمہیں معلوم ہوتا کہ وہ رات میں نے آنکھوں میں کاٹ دی تو تم ہنسو گی۔ لیکن کیا خبر تمہیں پہلے ہی معلوم رہا ہو کہ مجھ پر کیا بیتے گی اور شاید اسی لیے تم نے یہ کھیل کھیلا ہو۔ اس بات نے میرے مردانہ وقار کو سخت ٹھیس پہنچائی اور میں نے فیصلہ کر لیا کہ میں آئندہ تم سے کبھی نہیں ملوں گا۔

کاش میں اپنے اس فیصلے پر قائم رہتا۔ کاش تم مجھے اس پر قائم رہنے دیتیں۔ لیکن اس رات ریڈیو اسٹیشن پر تم کس قدر مختلف تھیں۔ میں وٹینگ روم میں بیٹھا اپنی تقریر پر آخری نظر ڈال رہا تھا۔ میں نے تمہیں آتے ہوئے نہیں دیکھا۔ تم میرے بالکل قریب آ

گئیں اور بڑے تپاک سے سلام کر کے میرے ساتھ ہی صوفے پر بیٹھ گئیں۔ میں تمہارے رویے میں اس تبدیلی پر سخت متعجب ہوا۔ کس قدر بے تکلفی سے گھل مل کر باتیں کیں اس رات تم نے! ریڈیو والے تمہاری خوشامد میں لگے ہوئے تھے۔ لیکن تم نے ان کو ذرا بھی منہ نہیں لگایا۔ شاید اس دفعہ تم انہیں گرانے کی خاطر مجھے چڑھا رہی تھیں۔

پھر تقدیر نے اپنی چال چلی اور ہم دونوں کو ایک ہی راستے پر ڈال دیا۔ ہماری تقرری ایک ہی ہسپتال میں ہو گئی اور ہم ساتھ ہی بیٹھنے لگے۔ پتہ نہیں تمہارے اوپر اس کا کیا اثر ہوا۔ لیکن میں اس تبدیلی سے بہت خوش ہوا۔ میں نے سوچا اس طرح مجھے تمہارے تکبر اور تلون سے لڑنے کا موقع ملے گا اور شاید میں تم کو راہ پر لا سکوں۔ لیکن تم نے کچی گولیاں نہیں کھیلی تھیں۔ تم سارا دن میز پر نظر گاڑے مریضوں کے چارٹ بنایا کرتیں اور میں باوجود کوشش کے کچھ کام نہ کر سکتا۔ کئی بار ایسی صورت نکلی کہ ہم لوگ ذرا سا دھیان بٹا کر بات کر سکیں۔ لیکن تم نہایت ہوشیاری سے ٹال گئیں اور مجھے ذرا موقع نہ دیا۔ آخر تنگ آکر میں نے زیادہ تر باہر رہنا شروع کر دیا۔ کبھی مریضوں کے وارڈ میں کبھی لیبوریٹری میں کبھی دوسرے ڈاکٹروں کے پاس۔ دو چار دن تو تم نے بظاہر اس تبدیلی پر توجہ نہیں کی۔ لیکن آخر شاید تم سے بھی ضبط نہ ہو سکا اور تم نے دبی زبان سے شکایت کی کہ میں سارا دن غائب رہتا ہوں اور تم اکیلی گھبرایا کرتی ہو اور میرے یہ کہنے پر کہ میں کمرے میں رہ کر بھی تو تمہاری دلجوئی کا باعث نہیں ہوتا۔ تم نے گویا شکست مانی اور اقرار کیا کہ ہم لوگوں کو کام کے ساتھ ساتھ آرام بھی جاری رکھنا چاہیے۔ تم نے خود کہا کہ اس طرح کام ہلکا ہو جاتا ہے اور دماغ کا زنگ چھٹتا رہتا ہے۔

اس طرح ہم باتیں کرنے لگے۔ ہسپتال، مریض، ڈاکٹر، سیاست، ادب، فلسفہ، نفسیات اور موسیقی سے گزر کر موضوع کا رخ ذاتیات کی طرف ہوا۔ تعلیم، گزشتہ

زندگی، ذمہ داریاں، ذاتی پسند وغیرہ زیر بحث آنے لگے۔ پھر میں نے تمہاری نارنگیاں کھانی شروع کیں اور تم میرے تھرمس سے چائے پینے لگیں۔ اب تمہارے ہونٹوں کی مسکراہٹ پر غمی کی تہہ سی کھیلنے لگی۔ رفتہ رفتہ ہم بہت بات کرنے لگے۔ ہم دونوں ہی باتونی تھے، جب بھی وقت ملتا تم میری میز کے قریب والی آرام کرسی پر بیٹھ جاتیں اور ہم باتوں کے طوفان میں بہنے لگتے اور آخر ایک دن باتوں باتوں میں تم نے اقرار کیا کہ تمہیں میری باتیں پسند ہیں اور جس دن میں غیر حاضر رہتا ہوں تمہارا جی نہیں لگتا۔

لیکن اتنی قریب رہ کر بھی تم فاصلہ پر رہیں۔ دوستی کا ذکر کرتے وقت تم ہمیشہ صحت مند کی صفت لگا دیتیں اور مجھے اس بات سے بے انتہا چڑ ہونے لگی۔ یہ دوستی کا کیا ڈھکوسلا ہے، میں سوچتا، تم کیوں نہیں اقرار کر لیتیں کہ تم عورت ہو میں مرد ہوں اور ہم دونوں ایک دوسرے کو پسند کرتے ہیں۔ پھر ہمارے راستے میں کیا ہے؟ دوستی کی یہ اکیڈیمک صورت بالکل پسند نہ تھی۔ لیکن میں اس امید پر کہ رفتہ رفتہ تمہارے سینے کا دل بھی میری طرح گوشت پوست ہو جائے گا، دوستی کی اسی شکل کو نبھاتا رہا۔

لیکن کب تک؟ آخر تنگ آکر ایک دن میں نے تمہیں چھیڑ دیا۔ میں نے باتوں باتوں میں اپنی دوستی کو فلرٹیشن سے تعبیر کیا تو تم تنک گئیں اور بولیں کہ ہماری دوستی جنس سے بالاتر خالص دوستی ہے۔ میں نے کہا کہ محترمہ ہم کب تک اس طرح ایک دوسرے کو فریب دیتے رہیں گے۔ گلاب کو کچھ بھی نام دیجیے، گلاب ہی رہے گا۔ یقین کیجیے کہ ہمارے آپ کے تعلقات فلرٹیشن کے سوا کچھ بھی نہیں۔ ہم دونوں کے تحت الشعور میں صرف ایک جذبہ کارفرما ہے اور وہ ہے ایک مرد اور ایک عورت کی باہمی کشش۔ میری اس جرأت رندانہ سے تمہاری جبین پر شکن ہو گئی اور میں نے بات ٹال کر موضوع بدل دیا۔

لیکن میری سمجھ میں نہ آتا تھا کہ اگر ہماری دوستی خالصاً صحت مند تھی تو تم کوشلیا، بملا اور شمع سے کیوں کھٹکتی تھیں۔ آج میں سوچتا ہوں کہ میں نے تمہاری خاطر ان بے چاریوں کو کتنا دکھ پہنچایا تو میرا ضمیر مجھے ملامت کرنے لگتا ہے۔ آخر کسی طرح وہ تم سے کم نہیں۔ وہ بھی تمہاری طرح مجھے پسند کرتی تھیں لیکن ان کے پاس اس پسند کے لیے کوئی اکیڈیمک نام نہیں تھا۔ وہ میرے جذبات سے کھیلنا نہیں چاہتی تھیں۔ وہ سیدھی سادی نارمل لڑکیاں تھیں جو مجھ میں مرد دیکھتی تھیں اور مرد ہی پسند کرتی تھیں۔

اور پہلے تو تم بھی کوشلیا کی بڑی مداح تھیں۔ سچ تو یہ ہے کہ تمہیں نے اس کی تعریفیں کر کر کے میرے دل میں اس کے لیے جگہ پیدا کی۔ لیکن جب ایک دن تمہیں منیجر خان نے بتایا کہ چمسفورڈ کلب میں میں کوشلیا کے ساتھ رہا تھا تو اسی دن سے کوشلیا کے متعلق تمہاری رائے بدل گئی۔ تم اس کے زور سے بولنے کا مذاق اڑانے لگیں۔ اس کے رنگوں کا بھونڈا پن تمہیں کھٹکنے لگا اور تو اور اس کی کالج کی زندگی کی روایات بھی تم تک پہنچنے لگیں۔ جب بھی تمہیں معلوم ہوتا کہ میں اور کوشلیا کہیں ساتھ دیکھے گئے، تمہارے چہرے کا رنگ بدل جاتا۔ اس وقت تم کس قدر مختلف نظر آتیں۔ تمہارے جذبات سے، تمہارے آبنوسی چہرے پر احساسات کی لکیریں ابھر آتیں اور یہ بات میری بہت ہمت افزائی کرتی۔ میں سوچتا کہ تمہارے سینے میں بھی ضرور دل ہے اور وہ ضرور میرے لیے دھڑکتا ہے۔ ورنہ کوشلیا کے لیے یہ جلن کیوں ہوتی۔ تم اس بات سے اثر ہی کیوں لیتیں۔ ایک دن تم کوشلیا اور کپور کے Scandal کی بات مزے لے لے کر مجھے سنا رہی تھیں اور میں اس سے کوئی اثر لینے کے بجائے لطف اندوز ہوتا رہا۔ اس دن تم کس قدر مایوس ہو گئی تھیں۔ میں بچہ تو نہیں تھا۔ تمہاری گفتگو کا مقصد اس کا ردعمل سمجھتا تھا۔ میں جانتا تھا کہ ایک نہ ایک دن تم خود گھبرا کر تہذیب، شرافت اور اخلاق سے مزین یہ صحت مند دوستی

کا نقاب اتار پھینکو گی اور اپنی اصلی صورت میں میرے سامنے آجاؤ گی اور اپنی دلآویز آغوش میرے لیے وا کرو گی۔

سب سے مزے کی بات تو یہ تھی کہ میرے لیے تم بملا سے لڑ بیٹھیں۔ وہ غریب تم پر جان دیتی تھی۔ میرے سامنے اس نے بارہا تمہاری شان میں قصیدے پڑھے۔ وہ جانتی تھی کہ میرے دل میں تمہارے لیے کیا جذبات ہیں اور ان کا احترام کرتی تھی۔ بملا کی شرافت کی تو تم بھی قائل تھیں۔ کشمیر کی شوخ بیٹی پہاڑوں کی برفانی ہواؤں کی طرح آزاد طبیعت کی مالک تھی جو دل میں سوچتی، زبان پر لاتی، صاف مجھ سے محبت کا اقرار کرتی تھی۔ لیکن کبھی اس نے تمہیں راستے سے ہٹانے کی کوشش نہیں کی۔ وہ کہتی تھی کہ وہ مجھے اس وقت سے پسند کرتی ہے جب میں ریڈیکل ڈیموکریٹک کانفرنس میں شرکت کے لیے لاہور گیا تھا۔ میری آتشیں تقریر اور اس کے دل میں دہکتے ہوئے لاوے کا درجہ حرارت ایک ہی تھا اور اسی دن سے میری پرستش کرنے لگی تھی۔ لیکن جب میں اس سے ملا تو تم مجھ پر چھا چکی تھیں۔ راجن کو جب اس مثلث کا پتہ چلا تو وہ حیران رہ گیا۔ کہنے لگا کہ تم نے بملا کو قابو میں نہیں کیا ہے شیرنی کو پالتو بنا لیا ہے۔ اس پر سارا لاہور فدا تھا، یہ عورت نہ تھی شعلہ تھی، جدھر بھڑکتی دو چار جلا دیتی۔ سمجھ میں نہیں آتا تم میں کیا ہے۔ جو یہ تم پر ریجھ گئی۔

ایک رات ہم کئی دوست عمر خیام میں کھانا کھا رہے تھے۔ بملا بھی تھی۔ تمہارا ذکر نکل آیا تو نہ جانے کون مجھ سے ہمدردی میں کہنے لگا کہ میں بہت بدنصیب تھا۔ مطلب یہ تھا کہ تم کسی پروگرام میں میرے ساتھ نہیں ہوتیں۔ بملا بولی کہ ان کی بدنصیبی جنگل کی آگ کی طرح ہے جو کسی کو جلا کر ٹھنڈی ہو جانے کے بجائے یکے بعد دیگرے قطعات کے قطعات جلاتی چلی جاتی ہے۔ جانے کتنے معصوم دل ان کی بدنصیبی کا ماتم کر رہے ہیں،

لیکن بے بس ہیں۔ اس رات میں جھنجھلا اٹھا۔ مجھے تمہارے اوپر سخت غصہ آیا، بلکہ سچ تو یہ ہے کہ میرا تکیہ آنسوؤں سے تر تھا۔

دوسرے دن ہی میں بملا کے ہاں گیا۔ وہ مجھے اداس دیکھ کر آنکھوں میں آنسو بھر لائی۔ بولی، اگر تمہیں میری وجہ سے دکھ پہنچا ہے تو مجھے افسوس ہے لیکن میں تمہیں یوں برباد ہوتے کب تک دیکھوں؟ کسی کو کیا حق ہے تمہارے جذبات سے کھیلنے کا، جب وہ تمہارے ساتھ آؤٹنگ کے لیے جانا تک پسند نہیں کرتی۔ پھر میں نے وہ تمام بہانے دہرائے جو میں تمہاری زبان سے سننے کا عادی تھا۔ اس پر بملا زور زور سے ہنسنے لگی۔ ایک تلخ ہنسی، زہر میں ڈوبی ہوئی اور بولی، "تم نے کتنی دنیا دیکھی ہے۔ پھر بھی کتنے بھولے ہو۔ آج شام کو ہمارے ساتھ شمی کے ہاں چلو، پھر میں تمہیں بتاؤں گی کہ دنیا کیا ہے۔"

شام کو ہم دونوں ویسٹرن کورٹ پہنچے۔ شمی ہماری ہم جماعت رہی تھی۔ کہنے لگی آیئے مسٹر عاشق (وہ مجھے مذاق میں مسٹر عاشق کہتی تھی) ٹھیک وقت پر آئے۔ ذرا دیر کرتے تو گئے تھے کام سے۔ پھر ہم چائے پینے لگے۔ چند ہی منٹ گزرے تھے کہ اس نے مجھے کھڑکی کے پاس بلایا۔ خبر ہے کہ میں نے کیا دیکھا؟ تم میجر خان کی موٹر میں بیٹھی ہوئی تھیں۔ میرے اوپر جیسے بجلی گر پڑی۔ کاٹو تو خون نہ تھا بدن میں۔ خان نے اتر کر دروازہ کھولا۔ تم اس کے ہاتھ کا سہارا لے کر نیچے اتریں اور ہاتھ میں ہاتھ دیے سیڑھیوں پر چڑھنے لگیں۔ میں واپس آکر بیٹھ گیا اور باوجود کوشش کے اپنے دل کو قابو میں نہ رکھ سکا۔ بملا نے بتلایا کہ تم روز شام کو میجر خان کے ساتھ یہاں آتی ہو اور یہاں سے روشن آرا کلب جاتی ہو۔ اس نے کہا کہ آج ہم دونوں شمی کی طرف سے اسی کلب میں مدعو ہیں۔ اس رات میں نے دیکھا کہ تم کس طرح گلاس سے گلاس ڈبنائڈر پی رہی تھیں۔ تمہاری زندگی کا یہ پہلو میرے لیے بالکل نیا تھا اور اس نے میرے تخیلات کے گھروندے کو آن کی آن میں

مٹی میں ملا دیا۔ دہری زندگی کیا ہو گی ہے۔ میں نے کتابوں میں تو پڑھا تھا لیکن اس سے دو چار کبھی نہ ہوا تھا۔ آج دہری زندگی کی زندہ مثال میرے سامنے تھی۔ میرے جذبات اور احساسات تمہاری دو زندگیوں کی چکی میں پس رہے تھے۔ اس وقت مجھ پر جو گزری اس کی شدت کا مجھے آج تک اندازہ ہے، لیکن اسے تسلیم کرنے کی سکت آج بھی نہیں۔ میں نے زندگی میں ایسی شکست کبھی نہ کھائی تھی اور آج اپنی آنکھوں سے اپنی شکست کا ڈھنڈورا پٹتا دیکھ رہا تھا۔ بملا اور شمی کو میری حالت کا اندازہ تھا۔ انھوں نے دوبارہ اس موضوع کو نہیں چھیڑا اور مجھے کھانے کی طرف متوجہ کرنے کی کوشش کی لیکن میرا دل بہت بے قابو ہو رہا تھا۔ میں نے ان سے اجازت لی اور تنہا نکل کھڑا ہوا۔ تھوڑی دور جا کر اچانک میرا رخ شمشاد منزل کی طرف ہو گیا۔

باہر لان ہی پر مجھے شمع مل گئی۔ وہ سفید براق کپڑوں میں ملبوس فردوس کی حور معلوم ہو رہی تھی۔ اس کے دونوں ہاتھوں میں چنبیلی کے پھول تھے۔ اس نے قریب آتے ہی وہ پھول میرے اوپر برسا دیے اور اپنی عادت کے مطابق مذاق کرنے لگی۔ پھر اچانک مجھے سنجیدہ دیکھ کر وہ خاموش اور سنجیدہ ہو گئی اور میری پریشانی کا باعث پوچھنے لگی۔ میں اسے کیسے بتاتا کہ میں اس کے ہاتھوں مار کھا کر آیا ہوں جس کے باعث ہمیشہ تمھیں نظر انداز کرتا رہا۔ میں نے کہا، "شمع میری طبیعت بہت خراب ہے، ایک پیالہ کافی پلواؤ۔"

ہم جا کر لان کے اس سرے پر بیٹھ گئے جہاں چاندنی پوری آب و تاب سے نور برسا رہی تھی۔ اتفاق سے میں بھی سفید قمیص اور سفید پتلون پہنے ہوئے تھا۔ شمع کہنے لگی، ایسا معلوم ہو رہا ہے کہ چاند کی ندی میں سیماب کی دو مچھلیاں تیر رہی ہیں۔ میں نے کہا، شمع اس وقت شاعری مت کرو۔ وہ بولی فلسفیوں کی صحبت میں رہتے رہتے شاعری سے بھی

نفرت ہو گئی۔ یہ تمہاری طرف اشارہ تھا۔ میرے دل پر شدید چوٹ لگی۔ میں نے کہا، خدارا، شمع اس وقت جلی کٹی باتیں نہ کرو، میرا دل بہت غمگین ہے۔ ہو سکے تو ایک گانا سناؤ۔ شمع میرے قریب آگئی اور دھیمے دھیمے سروں میں ایک درد بھرا گیت گانے لگی۔ یاد نہیں کیا بول تھے۔ اس گیت کے لیکن اسے سن کر مجھے تسلی ہوئی اور میرا دل ہلکا ہو گیا۔ لیکن گاتے گاتے شمع کی آواز بھرانے لگی اور تھوڑی دیر میں اس کی ہچکیاں بندھ گئیں اور وہ مجھ سے لپٹ کر سسک سسک کر رونے لگی۔

ذرا دیر بعد ہم اٹھ کر اوپر چلے گئے اور کافی پینے لگے۔ اس وقت ذرا دل ٹھہرا ہوا تھا۔ میں نے تمہارے متعلق سوچنا شروع کیا۔ تم کس قدر مختلف تھیں کوشلیا، بملا، شمی اور شمع سے۔ تم اندر سے کچھ اور باہر سے کچھ۔ یہ اندر باہر ایک سی۔ تم نے اپنے اوپر بلند آہنگ گفتگو اور عظیم فلسفیانہ نظریوں کا ملمع چڑھا کر میری آنکھوں میں چکاچوند پیدا کر دی۔ انھوں نے اپنا دل نکال کر میرے سامنے رکھ دیا اور میں ان کی قدر نہ کر سکا۔ اس وقت شمع کے سامنے میں بڑی شرمندگی محسوس کر رہا تھا۔ اس غریب نے برسوں میری خاموش پرستش کی تھی۔ اس کی دیوانگی ضرب المثل بن گئی تھی۔ میری خاطر اس نے سوسائٹی چھوڑ کر گوشہ نشینی اختیار کی۔ رنگین اور ریشمی کپڑے پہننا چھوڑ کر سادہ اور سفید لباس پہننے لگی۔ بس گیت سیکھا کرتی اور گیت گایا کرتی۔ میں اکثر اس کے ہاں جاتا۔ جب بھی جاتا ہمہ تن محبت بن جاتی۔ گیت گاتی اور گاتے گاتے اُداس ہو جاتی۔ پھر کہتی چلیے Ridge پر چلیں اور ہم سڑک پار کر کے اجیت گڑھ کے ٹیلے پر چڑھنے لگتے اور اس کی ویران اور سنسان سڑکوں پر گھومتے رہتے۔۔۔ دیوانوں کی طرح بے مقصد بے ارادہ۔ اس طرح میں ان جراحتوں کی چارہ گری کرتا تھا جو تمہاری عجیب حرکتیں اور تمہارے نت نئے فلسفیانہ اصول میرے دل پر لگاتے تھے اور جب رات گزر جاتی تھی اور صبح آتی

تھی تو یہ تمہاری اصلاح کی امید کا نیا سورج میری زندگی کے افق پر طلوع ہوتا تھا اور میں پچھلے زخم بھول کر مستقبل کی یاد میں کھو جاتا تھا۔

لیکن کلب والی رات کے بعد جو صبح ہوئی اس میں ایسا کوئی سورج طلوع نہیں ہوا اور میں نے ہمیشہ ہمیشہ کے لیے اس ڈھونگ کو ختم کر دینے کا فیصلہ کر لیا۔ پھر بھی میں نے تم سے اس انکشاف کے متعلق کچھ نہیں بتایا۔

رفتہ رفتہ میرے تمہارے تعلقات رسمی ہونے لگے تھے۔ میری گفتگو سے وہ بے تکلفی، وہ شدت اور وہ عقیدت مفقود ہونے لگی جو تم مجھ سے بطور خراج محبت وصول کرتی تھیں۔ تم نے اس تبدیلی کو محسوس کیا اور اس کی بابت دریافت کیا۔ لیکن میں تمہیں یقین دلاتا رہا کہ ایسی کوئی بات نہیں۔ میں تم سے ملتا بھی، باتیں بھی کرتا۔ ہم ساتھ کھاتے پیتے بھی، اٹھتے بیٹھتے بھی، لیکن یہ سب رسمی تھا۔ محض رواداری کی خاطر۔

وقت بیتتے کیا دیر لگتی ہے اور پھر وقت بھی کیسا خونی، طوفانی، حشر انگیز! ملک کی تقسیم ہو گئی اور ہونی کو انہونی کرنے کی خاطر کیسی کیسی درندگی اور وحشت کے کھیل کھیلے گئے، گنگا اور جمنا میں اتنا پانی نہ بہا ہو گا جتنا انسانی خون گنگا جمنا کی سرزمین میں بہہ گیا۔ لاکھوں کی آبادی ادھر سے ادھر ہو گئی۔ دلی کا منظر تحلیل ہو کر کراچی میں تبدیل ہو گیا اور ایک نئی دنیا نئی امنگوں کو اپنے دامن میں لیے مستقبل کے افق پر جگمگانے لگی۔

دلی چلی گئی لیکن دلی کی یاد دل سے نہ جا سکی۔ حالات سدھرے تو جی میں آئی کہ یادوں کے اس تاج محل پر آن کے دو پھول چڑھا آؤں اور میں پھر دلی آ گیا۔ ہائے یہ میر، مرزا داغ کی دلی نہیں رہی۔ شوبھا سنگھ اور سجن سنگھ کی دلی نہیں رہی، لیکن کیا کروں کہ یہاں کی گلی گلی میں اپنے افسانوں کے پلاٹ بکھرے ہوئے ہیں۔ یہاں کی ہوا میں دل نشیں یادیں تیر رہی ہیں۔ چپہ چپہ پر میرے ماضی کی کہانیاں لکھی ہوئی ہیں۔

دو برس! ذرا سوچو کہ دو برس کا عرصہ کتنا طویل ہوتا ہے۔ پھر بھی کتنا مختصر! آدمی بدلنا شروع کر دے تو اس میں کیا سے کیا ہو جائے، جیسے صدیاں بیت گئی ہوں اور وہ کٹنے کو یوں کٹ جائے جیسے ایک پل۔ ان دو برسوں میں مجھ پر کیا بیتی، تم نے بھول کر بھی نہ پوچھا۔ لیکن میں تمہاری پل پل کی خبر لیتا رہا۔ ہاں اس بے تعلقی اور کشیدگی کے باوجود مجھے تمہاری فکر تھی۔

اور تمہیں بھی میرے دلی آنے کی خبر مل ہی گئی اور آج صبح نئی دلی کے اس ہوٹل میں تم مجھ سے ملنے آ گئیں۔ کتنی گرمی تھی آج تمہاری گفتگو میں۔ کتنی چمک ہے تمہاری آنکھوں میں، کیا نکھار ہے تمہارے تبسم میں۔ جیسے تم وفا کے چشمے میں غوطہ لگا آئی ہو۔ اب کیوں مجھ سے ملنے میں اندیشہ رسوائی نہیں؟ کیوں تمہیں بدنامی کا ڈر نہیں ہے۔ اب بھی تو میں وہی ہوں۔ گوشت پوست کا انسان، ایک مرد! ارے، تم نے تو بے قرار ہو کر میرے گلے میں باہیں ڈال دیں۔ یہ بات صحت مند دوستی کے شایان شان نہیں ہے۔ یہ بڑی غیر صحت مند نشانی ہے، شرافت اور عزت کے لیے مہلک۔

میری جان بڑی دیر کر دی تم نے! اب تو میں بھی دہری زندگی گزارتا ہوں، بالکل تمہاری طرح۔ دراصل اب ہی تو میں تمہارے لائق ہوا ہوں۔ آؤ ایک پیار دو، پھر ہم چل کر چائے پیئیں گے۔

* * *

عزیز احمد کے یادگار افسانوں کا ایک اور مجموعہ

باغبان اور دیگر افسانے

مصنف: عزیز احمد

بین الاقوامی ایڈیشن جلد منظر عام پر آرہا ہے